Les personnages de cette histoire étant réels, toute ressemblance avec des individus imaginaires serait fortuite.

Intro

Tous les matins, c'est la même histoire.

À peine les yeux ouverts, je cherche mon téléphone portable sous mon oreiller en me demandant comment commencer ma journée. Oui, tous les matins, c'est le même train-train.

J'hésite toujours entre regarder ce qu'il s'est passé sur Instagram pendant mon absence et réfléchir à moi, donc à ma vie. (Cette deuxième option n'est évidemment pas mon idée, c'est celle de ma petite sœur...)

Et comme il faut vivre avec son temps, c'est toujours Instagram, mon ami, que je choisis. (Je dirais même plus : mon meilleur ami !)

Couchée sur le dos dans mon lit, une main sur le front (faaaaçon seeexxx...) façon déesse grecque et l'autre qui tient mon téléphone portable, me voilà donc à constater qu'il ne s'est rien passé d'extraordinaire durant ma nuit de sommeil. Et puis je tombe sur une photo, sur LA photo. Je la regarde, sereine à l'extérieur mais fumante à l'intérieur. Je l'analyse, calme à l'extérieur mais bouillonnante à l'intérieur. Je la déteste, beurk, beurk et beurk extérieur et intérieur. L'insolente Mélissa Frégé.

Mélissa Frégé s'avère être mon ancienne BFF du lycée. (*Best Friend Forever* en anglais, « meilleure amie pour toujours » en français – mais l'acronyme MAPT fait mauvais genre en société...) Elle a été détrônée par Instagram, mon vrai BFF (façon de parler, à l'époque Instagram n'existait pas...).

Incroyable comme elle a le don de m'énerver (alors qu'on ne s'adresse plus la parole depuis des années) avec sa vie parfaite et ses photos retouchées... (Instagram me ferait jamais ça, lui !) Je peste encore et encore, ce n'est que le début, d'accord, d'accord. Et puis, soudain, le pire qu'il puisse arriver à chacun d'entre nous m'arrive. L'écran noir sur mon téléphone portable : plus de batterie. Mon Dieu, le choc... !

J'ose le dire, je souffre. Chambouler ma vie comme ça, d'un coup... Même préparée, je ne serais jamais prête à ça. Donc non préparée à ça, je suis encore moins prête ! Surtout qu'il restait 28 % de batterie : qu'est-ce qu'il s'est passé ?! Aucune idée. Malheureusement, je n'y connais rien en appareil électronique. Mes connaissances se résument à appuyer sur tous les boutons (et aussi à « débrancher et rebrancher » dans les cas de force majeure).

Scroller Instagram sans batterie, c'est comme lécher une glace sans glace ! Ça ne sert absolument à rien ! (Sauf si on collectionne les bâtonnets pour faire des constructions du Taj Mahal.)

Complètement abattue par cette tragédie matinale abominable, je réussis tout de même à rassembler mes forces pour réagir. Sauf que je ne sais pas comment réagir ! Que faire ? (Me mettre en PLS ?) Mais que faire ? (Me mettre en PLV ?) Bien sûr, je sais qu'en cas de danger il faut se mettre en PLS, position latérale de sécurité, mais face à un problème de cette taille, toutes les solutions sont à étudier.

Je regrette profondément d'avoir vendu ce cadeau qu'on m'a offert pour mon anniversaire : une batterie externe (on aurait pas pu trouver un nom plus beau que ça ? je sais pas moi… « écrin de vie en plus » ?). Surtout que je l'ai vendu hier !

Il n'est que 9 heures du matin, il faut que je trouve une occupation. Je ne vais quand même pas me lever si tôt ! Malgré moi, je repense à la photo que j'ai vue juste avant ce drame matinal atroce… OK, elle est belle, mais la rechignante Mélissa Frégé n'y est pas du tout à son avantage. C'est vrai que les palmiers et la plage de sable blanc en mettent plein la vue, mais on les a vus tes coups de soleil qui pèlent, déplaisante ex-BFF ! Va t'hydrater la peau au lieu de retoucher tes photos ! Voilà le sourire qui revient (et pas qu'un peu, je souris tellement qu'on dirait une influenceuse trop contente de balancer son code promo pour avoir moins 3 % de réduction[1]). Elle n'avait qu'à pas me piquer mon petit ami l'année de notre classe de terminale. Comme il était de loin le plus beau de tout le lycée, je n'avais plus rien à me mettre sous la dent… Et comme elle m'avait fait ce sale coup, je ne lui adressais plus la parole. Le lycée n'avait donc plus aucun intérêt… Après, c'est vrai qu'à cette époque, sortir avec quelqu'un se résumait pour moi à dire à tout le monde que j'avais un petit ami, à lui tenir la main, à dire à tout le monde que j'avais un petit ami, à manger une glace avec glace incluse avec lui (je fais pas partie des collectionneurs de bâtonnets…), à dire à tout le monde que j'avais un petit ami et à lui faire, de temps en temps, des bises pop, ces bisous où chacun garde sa langue pour soi, une sorte de bise sur la bouche. Mais quand même, on ne pique pas le petit ami de sa meilleure amie, c'est une question de principe.

Bon.
Voilà…
Ces vingt secondes d'amusement ont été divertissantes mais je m'ennuie à nouveau. Je constate qu'il ne me reste plus qu'une option : réfléchir à moi, donc à ma vie.

[1] Dès 150 € d'achat.

Soudain, l'illumination pour reprendre ma vie en main : il faut absolument que je m'achète une batterie externe au plus vite ! Et je peux demander conseil à mes amis. Après tout, ils s'y connaissent, ils m'en ont offert une. Et pas n'importe laquelle : une batterie externe en forme de cheeseburger avec, en guise de petit câble se branchant au téléphone, le coulant du cheddar... Non mais ! C'est ça des amis ? (Je crois pas non.) Faut pas s'étonner si je l'ai revendue. (Par contre, faut s'étonner que quelqu'un l'ait achetée.) Autant profiter de leur naïveté amicale pour obtenir des renseignements sur les batteries externes. Mais je les imagine déjà avec leurs questions à mes questions... Et je serai obligée de leur avouer la vérité. Ou de leur mentir...

Je vois le scénario catastrophe se pointer. Annulation immédiate de la mission « bobard ».
Je demanderai conseil au vendeur alors. Mais il voudra sûrement me vendre le plus cher... J'ai toujours vu clair dans leur jeu. Bon, j'agirai comme j'agis toujours : je prendrai le plus beau !
Ça, c'est fait ! Je vais reprendre ma vie en main !
Fière de moi-même, je me dis qu'il faut fêter ça avec une coupe de champagne !
Mais il n'est que 9 heures du matin. Remarque, si je bois du champagne à 9 heures du matin, qui ça va gêner ? (Idée de génie : vendre l'idée de capsule « champagne » à Nespresso.) J'ai beau être experte en mensonge, le cidre dans mon frigo ne dupe personne... OK, écrire au feutre indélébile sur la bouteille « Moët & Chandon » était une idée incroyable, divinement bien trouvée, mais ça ne change rien au contenu de la bouteille... (Un jour j'aurai les moyens. Pour le moment, je suis plus « ruinée » que « Ruinart ».)
Déjà une minute et trente secondes que je réfléchis. Il est grand temps de faire un rapide constat de tout ça :

- Je suis couchée dans mon lit et j'ai la flemme.
- Mon chargeur est dans mon sac à main, c'est-à-dire dans l'entrée.

- Mes bras ne sont pas assez longs pour attraper mon sac à main.
- C'est vrai que mon appartement fait 20 m², mais l'entrée reste tout de même à dix pas aller-retour, au moins !
- Je n'ai clairement pas le choix, je vais devoir réfléchir à moi, donc à ma vie. Et acheter une batterie externe…
- Est-ce que je n'irais pas chercher le cidre dans mon frigo, histoire de passer un meilleur moment ? Et par la même occasion, prendre mon chargeur dans mon sac à main, dans l'entrée ?

Je me fais rire moi-même, j'adore me faire rire ! (Surtout quand je suis sur le ventre, ça me remue les fesses.) Comme si j'allais sortir de mon lit à 9 heures du matin…

Surtout que tout va bien. Mes peurs sur la réflexion se sont envolées. Pas de menace à l'horizon, je ne vais tout de même pas m'arrêter en si bon chemin. Est-ce que Beyoncé a arrêté sa carrière après sa chanson « Baby Boy » ? Si seulement Beyoncé avait sorti « Baby Chargeur »… Ça m'aurait été plus utile ! Après, rien ne m'empêche de lui envoyer un message pour pallier ce type de problème dans le futur.

Oh my God ! Je vais envoyer un message à Beyoncé !

Il me faut une tablette tactile manuelle… Oui, un cahier et un stylo !

Dear Queen B.,

I have a very big problem. My chargeur of portable is far away from my bed and I have no solution. Could you write and sing a song about a chargeur of portable? Because I really need help. Thank you.

J'ai hâte de l'envoyer, vivement que mon téléphone portable soit rechargé ! Champagne ! (Enfin, je veux dire un jour…)

Bon.

Qu'est-ce que je vais bien pouvoir faire de ma journée ? Un truc un peu sexy ? Un peu marrant ? Les deux ? (Un film porno comique ?)

C'est malin… À avoir pensé « porno », mon idéal, là, maintenant, tout de suite, ce serait que l'homme beau comme un dieu avec lequel je pratiquerais le coït me tourne sur le ventre et fasse tout le boulot. (Boulot qui commencerait donc par me tourner sur le ventre. Il y a plus sexy mais ça passe...) En plus, ça signerait le grand retour de mon chignon-poignée. (L'image est claire mais je précise quand même : un chignon sur le haut de la tête de la femme... ou de l'homme, qui sert de poignée à l'homme... ou à la femme. Il/elle/iel peut s'y accrocher lorsqu'il/elle/iel se trouve derrière la femme/l'homme/la personne qui détient le chignon-poignée. Oui, le chignon-poignée, c'est l'affaire de tou.te.s.)

Force est de constater que je n'ai pas eu de rapport sexuel depuis un moment. Enfin, avec quelqu'un. Je vis avec mon temps : Instagram est mon ami, YouPorn, Pornhub, ThePornDude, CoqNu, MeilleurDuPorno aussi. C'était quand la dernière fois que j'ai fait l'amour avec quelqu'un ?

Waah, c'était il y a tellement longtemps qu'y penser me fait mal à la tête. Et vu comme ça m'a marquée, c'était pas une victoire...

Comment ça peut être aussi nul ? C'est pas si compliqué. Et puis c'est quelque chose d'agréable, de jouissif, comment on peut en faire un moment déplaisant ? (J'aimerais comprendre.)

Encore un nouveau questionnement, et pas des moindres. (Tiens, ça fait longtemps que j'ai pas utilisé le mot « moindre ». Probablement aussi longtemps que j'ai pas eu de rapport sexuel. Ma vie sexuelle est un vrai QUID, très bien rempli mais si vieux...)

Et après ma petite sœur s'étonne que je mise tout sur mes réseaux sociaux... Mais ma vie est beaucoup trop plate pour être racontée de manière brute.

Je suis à deux doigts de chanter du Céline Dion pour oublier... Le problème, c'est que je ne parle pas québécois...

Je suis à deux doigts de sortir de mon lit pour aller chercher le pot de 825 grammes de Nutella et la petite cuillère qui va avec... Le problème, c'est que le pot est vide depuis belle lurette (voilà une expression à dire

dans un téléphone à fil).
Je suis à deux doigts de fermer les volets pour rester dans le noir toute la journée… Le problème, c'est que je n'ai pas de volets… (Combien coûtent des volets ?)
Soudain, alors que je suis à deux doigts de faire quelque chose, la question divine (et son évolution) m'apparaît :
Est-ce qu'un jour je vais rencontrer l'homme de ma vie ?
Est-ce qu'un jour je vais rencontrer l'homme riche de ma vie ?
Est-ce qu'un jour je vais rencontrer l'homme riche et drôle de ma vie ?
Est-ce qu'un jour je vais rencontrer l'homme riche et drôle et bien gaulé de ma vie ?
Est-ce qu'un jour je vais rencontrer l'homme riche et drôle et bien gaulé qui habiterait la porte à côté, histoire de m'épargner l'achat d'un titre de transport, de ma vie ?
Ma situation déborde de flou, d'incertitude et de questions sans réponse.
Je suis à deux doigts de la crise de spasmophilie, à deux doigts de prendre un Xanax, à deux doigts d'appeler l'abjecte Mélissa Frégé !
Tous ces doigts me donnent envie de mettre du vernis. Mais, évidemment, mes vernis sont dans mon sac à main, mon sac à main est dans l'entrée, mes bras sont trop courts pour attraper mon sac à main et Beyoncé n'a pas encore reçu mon message…
Oh ! je me souviens ! Mon dernier rapport sexuel, c'était avec mon ex qui adorait mon vernis à ongles rouge. Il était fétichiste des pieds et du vernis à ongles rouge.
Eh bien… Je confirme : ce n'était vraiment pas une réussite. Note : 0/3000.
Je ne prends pas en compte qu'il soit fétichiste. Oui, c'était bizarre à vivre mais chacun ses délires… Sexuellement parlant, mon ex était vraiment naze de chez naze. (Il mérite un prix Nobel du naze. Le prix Nazel !) Heureusement, sa vision si positive de la vie compensait…
Alors que, toujours sexuellement parlant, un autre de mes ex…

Oh là là, je ne m'en suis toujours pas remise. Lui savait y faire. Tiens, c'est le créateur du chignon-poignée ! (Il mérite un prix Nobel de chignon ! Le prix Chignel !)
Quel bonheur ce serait d'avoir un mix de ces deux-là : la vision positive de la vie de mon ex le fétichiste, avec l'expérience sexuelle du créateur du chignon-poignée. (Combo gagnant ! À moi le panier garni !)
Et à ce prototype de l'homme parfait de ma vie, j'ajoute le côté cool de mon ex-ex-ex (bref, un homme avec lequel j'ai été avant « Nazel » et « Chignel »).
Ce serait le rêve !
J'ai envie de chanter « Ce rêve bleu » sur un tapis volant ! Mais, évidemment, je n'ai pas de tapis volant... (Ni de tapis tout court.) Qu'est-ce qu'ils attendent, ces ingénieurs surpayés, pour fabriquer des tapis volants ?! S'ils peuvent faire voler un avion, ils peuvent faire voler un tapis, non ?!
Ce prototype de l'homme parfait de ma vie... Quelle réflexion intelligente ! (Et irréelle...)
Jusqu'à présent, mon « top 3 des réflexions » se résume à :

1. Ça fait maintenant deux ans que j'ai 31 ans, il faut que je coupe le cordon avec ma mère. Même elle n'arrête pas de me le dire...
2. Mes amies me rabâchent à longueur de temps qu'à 31 ans, on fait un état des lieux de notre vie. Dois-je en déduire que mes amies me prennent pour un appartement ?
3. On réalise des choses à 31 ans, c'est l'âge des grandes décisions. Vrai, j'ai réalisé que si je sautais deux repas par jour pendant six mois, je pourrais enfin me payer le nouveau sac Chanel.
4. La maturité aide à comprendre le passé et à anticiper le futur afin d'éviter de reproduire les mêmes erreurs dans le présent. Je comprends cette phrase seulement quand je suis bourrée. L'alcool est donc indispensable à ma vie, bien qu'il me donne la peau grasse. Ça oblige ma petite sœur à me faire des masques tous les weekends, en échange de mon silence : je ne raconte pas à notre mère les bêtises

qu'elle fait. (En réalité, si je dis rien, c'est parce que ce qu'elle fait est assez pitoyable. Il n'y a pas de quoi appeler ça « une bêtise » et encore moins à s'inquiéter... J'ai fait bien pire.)

Ma petite sœur me dit constamment que je ne réfléchis pas assez. Elle me dit aussi d'arrêter de revendre sur eBay les cadeaux qu'on m'offre. Pour une fois, je vais l'écouter : je vais réfléchir au prototype de l'homme parfait de ma vie ! Par contre, je ne peux vraiment pas garder les horreurs qu'on m'offre. (Non au mauvais goût, stop au mauvais goût, à quand une marche contre le mauvais goût ? Note à moi-même : envoyer « mauvais goût » au 6 12 12.)
N'empêche... Du haut de ses 19 ans, pour qui se prend ma petite sœur ? Elle me donne des conseils, à moi, de dix ans (depuis deux ans) son aînée ! Il n'y a plus de saison et il n'y a plus de respect.
Tiens, il n'y a plus de rideaux à mes fenêtres non plus.
Où sont mes rideaux ? Qu'est-ce que j'ai encore fait ? Je n'ai ni rideaux ni volets... (C'est pour dire la clarté de mon logis !) Est-ce que je ne les aurais pas vendus sur eBay eux aussi ?! Pourtant, ce n'était pas un cadeau, je les avais achetés dans une petite boutique de voilages. (Toujours plus classe de dire « petite boutique » que « rayon rideaux d'Auchan ». Idem : voilage est tellement plus tendance que rideau.)
Bon, je verrai ça plus tard...
En tout cas, à cause d'elle (ou grâce à elle...), je réfléchis à 9 heures du matin. Ma petite sœur a complètement réussi son coup. (Et elle n'a que 19 ans !) J'insiste, ce n'était pas un choix de ma part, elle me l'a imposé ! (Comme les tampons hygiéniques...) Surtout que j'étais bien moi, à toujours vivre l'instant présent sans jamais me poser de questions. OK, je me suis beaucoup perdue dans la vie et j'ai avancé en zigzaguant. (Il me faut absolument un GPS de vie !) Mais à écouter mon instinct, à laisser vivre mes sentiments, à agir au ressenti sans jamais rien calculer ni attendre, j'ai vraiment vécu, j'ai profité de tout, j'ai été heureuse, peu déçue, voire même quasiment pas... (Il faut absolument que j'attende

avant d'acheter un GPS de vie!)
Réaliser ce qu'elle a réussi à faire me rend toute chose. Déjà, je n'ai jamais imaginé que ma petite sœur puisse être plus intelligente et plus réfléchie que moi. Et ensuite, cette sensation de manipulation me déplaît fortement, sans oublier qu'elle change toute ma vision de la vie d'un coup. J'aime pas, j'aime pas, j'aime pas! (Je nomme officiellement ce moment le moment « Pourquoi Seigneur ? ».)
Les yeux fermés, je me force à penser à autre chose qu'à ma petite sœur et à sa stratégie diabolique. Vite!
Un truc sympa qui ne se prend pas la tête…
Les rideaux ? Que dis-je ! Les voilages ! Aaah ! Non !
Je me mets sur le ventre, la tête dans mon oreiller, et je le serre fort. Mais rapidement, je n'arrive plus à respirer!
Vite ! Lever la tête de mon oreiller pour prendre de l'air. Je ressemble à un poisson hors de l'eau qui plonge sa tête dans l'eau pour récupérer son souffle. OK, ça fonctionne.
Mais il ne manquait plus que ça… À relever ma tête régulièrement, j'ai mal à la nuque.
Hop, sur le dos. Sauvée !
Sauvée mais prisonnière… À me tourner dans tous les sens, mes jambes sont complètement enroulées dans le drap. Ce n'est vraiment pas le moment de faire un exercice incendie. (Et en même temps, pourquoi j'en ferais un ?)
Penser à autre chose…
Mon futur sac Chanel ?
Non, non… Ça va me frustrer davantage. Ma vie personnelle (et plus particulièrement ma vie sexuelle) s'en charge déjà assez…
Oh…
Et puis zut!
J'ai 31 ans (depuis deux ans) tout de même !
Je ne dois pas me laisser faire par… par… par ma propre sœur.
À quoi je pensais déjà ?

Ah oui ! À cette réflexion que je ne me suis encore jamais faite : qu'est-ce que je garderais chez mes ex pour arriver au prototype de l'homme parfait de ma vie ?
Bien mixé, le résultat peut être proche de la perfection.
OK, il s'agit d'ex. Mais si on a été ensemble, c'est bien que ça en valait la peine un minimum. Ce n'est pas parce que c'est terminé qu'il faut retourner sa veste et cracher dans la soupe.
Voyons ça, l'homme parfait de ma vie.
…
Je parle de perfection, ce n'est pas rien. Il faut que je commence simple, sinon je ne vais pas y arriver…
Je vais comparer, tiens. Ce sera beaucoup plus léger. (Et plus réalisable surtout…)
Alors, alors.
Si je devais comparer l'homme parfait de ma vie à quelque chose, à quoi ce serait ? Une poule ?
Non… Trop de plumes !
Un chien ? J'adore les chiens !
Mais non, bien sûr que non… Ce serait le même problème qu'avec la poule… Enfin, avec les poils.
Il faut donc un être non vivant en point de comparaison. (Mais pas un balai non plus…)
Dans quoi je me lance moi ?
Ce ne serait pas le moment de sortir de mon lit finalement ? Allez !
Tout en essayant de libérer mes jambes du drap pour pouvoir sortir de mon lit, je regarde mon appartement.
Que c'est petit…
Fenêtre, frigo, lit. Fin de la visite. Que c'est triste. Même pas un tapis…
Loin de mon idéal cet appartement… Tiens, je ne me suis encore jamais posé la question : à quoi il ressemble le logement idéal de ma vie ?
Oh mais oui !!!
Je vais comparer l'homme parfait de ma vie au logement idéal de ma

vie ! Je suis une bombe d'efficacité en termes d'idées ! Et je ne suis même pas rémunérée pour ça ! Mais qu'est-ce qu'ils attendent, tous ces ingénieurs surpayés, pour inventer « la rémunération d'idées trouvées dans un lit par une femme de 31 ans (depuis deux ans) dans un appartement sans voilage » ?
Je n'ai qu'à piocher dans ce que j'ai aimé chez mes ex pour arriver à l'homme parfait de ma vie, au logement idéal de ma vie.
Ça va me prendre un sacré temps mais comme Beyoncé ne s'est pas faite en un jour…
Je dois faire preuve de courage et tenir le coup, ne pas céder sous la contrainte, surtout si ça me permet d'arriver là où est Beyoncé. (À Coachella.) Enfin, je veux dire, par rapport au logement idéal de ma vie et à l'homme parfait de ma vie, je ne veux pas devenir chanteuse. (Quoique… Et pourquoi pas ? On pourrait chanter « Baby Chargeur » en duo !)
Alors.
Par qui commencer ?
Dire que dans mon sac à main (presque un Chanel d'ailleurs, un Chamel, c'est un modèle unique… qui vient de Tunisie…) se trouve la liste de tous mes ex… (Comme dans tous les sacs à main… Non ?) L'avoir sous les yeux m'aiderait à y voir clair. Mais comme j'ai la flemme de sortir de mon lit, que mon sac à main est dans l'entrée, que mes bras sont trop courts et que je n'ai pas encore envoyé mon message à Beyoncé… Ni au 6 12 12…
Je me force à me souvenir de cette liste. J'ai une très bonne mémoire visuelle à jeun. Et ça tombe bien : là, je ne suis pas bourrée. (Pensée pour le cidre dans mon frigo.) Je tourne autour de trente couloirs visités. Ça fait en moyenne un couloir par an (en supposant que j'ai commencé les visites jeune, très jeune).
Trente couloirs à comparer, c'est énorme ! Il faut un premier filtre. (Un filtre pour filtrer, pas un filtre Instagram…)
Disons ceux dans lesquels j'ai vraiment vécu quelque chose.

Hum… Je dirai que neuf appartements m'ont réellement marquée (Est-ce que je suis une femme exigeante ? Il faut que je fasse un test sur Facebook.). Je vérifierai plus tard avec ma liste, mais je pense ne pas me tromper. J'ai le sentiment qu'il y a des choses à garder chez chacun d'eux pour arriver au logement idéal de ma vie. Malgré les vices cachés… Et les mauvaises surprises… Et les… STOP, la liste des défauts de mes ex est trop longue. Il vaut mieux que je m'arrête là si je ne veux pas me décourager !

Je me rapproche du logement riche de ma vie.

Du logement riche et drôle de ma vie.

Du logement riche, drôle et bien gaulé de ma vie.

Du logement riche, drôle et bien gaulé qui habiterait la porte à côté, histoire de m'épargner l'achat d'un titre de transport, de ma vie.

J'ai hâte de voir le résultat !

Surtout que je vais m'occuper de manière intelligente. Attendre bêtement et oisivement qu'un homme me « *put a ring on it ouh oh oh oh oh oh ooooh oooh* », ça va bien cinq minutes…

Le message de la dernière chance : et toi, qu'écrirais-tu à Beyoncé ?

De :

À : beyonce@queen.com

Objet :

Envoyer

Francis en théorie

Francis

L'appartement infesté de rats

J'ai trouvé la perle rare ! (C'est une expression, j'aime pas les huîtres. Soyons honnêtes, c'est comme boire la tasse... Non.) Tout est parfaitement à mon goût, tout est si joli, il n'y a rien à refaire de l'aile est à l'aile ouest en passant par l'aile sud sans oublier l'aile nord. Quel rêve. Et quelle chance aussi ! Je suis aux anges, je ne m'en lasse pas, il est si... si tout en fait. Haaa...

Mon premier petit ami. Mon premier appartement.

OK, je suis inexpérimentée et toute innocente (telle Madonna dans son clip « Like a Virgin »), mais je le sens, je le sais : ça va être bien ! Super bien ! Méga bien ! Giga bien ! (Il faut que je me calme, Madonna sur le Botox aussi.)

J'ai 17 ans et, comme je n'y connais rien, je me contente de ce que je vois. Et ça me convient très bien ! L'appartement est joli, la vue sympa, forcément, je signe ! Et puis, 17 ans, c'est l'âge magique. Aucun questionnement, aucune remise en question, la première impression est toujours la bonne. Il me plaît, je me vois bien vivre dedans, fin. (Fonctionne également pour les appartements.)

Et, pour ma défense (même si personne m'a attaquée), à moins d'être perdue de base, ou de n'avoir aucune idée de ce qu'on veut, quand on visite un appartement, on sait si on veut vivre dedans ou pas. (Je suis certaine que la périssable Mélissa Frégé n'a jamais aucune idée de ce qu'elle veut.) La vie est faite de coups de cœur et je l'ai eu à peine la porte d'entrée franchie. OK, à 17 ans je ne jure que par le physique et les abdominaux, mais comme toutes les adolescentes en fait. (Je suis une « abdolescente ».) Qui sort avec l'intello à lunettes au lycée ? Per-sonne. (Pas même l'abaissante Mélissa Frégé...) Grand, fort, musclé, à moi la plus belle des histoires ! Je vole (oui, car l'amour donne des ailes !). Et j'ai des papillons dans le ventre à chaque fois que je vois les meubles dernier cri de la cuisine ! (OK, je cuisine pas, mais ça en jette !) Cerise sur le gâteau (c'est une expression, vraiment je cuisine pas) : il y a une baignoire dans la salle de bain ! (J'adore les baignoires.)

Alors je suis sur mon nuage, avec une main posée sur le front (faaaa-çooon seex) façon déesse grecque et l'autre main posée sur mon cœur : j'emménage avec mon prince charmant, le rêve !

Pendant qu'il déballe nos trois cartons, je m'occupe du repas : des lasagnes (surgelées).
Tous les deux installés tranquillement devant la télé pendant que les lasagnes cuisent (enfin se réchauffent), je repense à notre rencontre en tortillant ses cheveux avec mes doigts.
C'est une amie qui nous a présentés, mais pas formellement. On traînait en ville et Francis, qui était l'un de ses amis proches, nous a rejointes avec des amis à lui. Fin de la rencontre (On n'est pas sur une rencontre de conte de fées...).
Et puis on s'est croisés par hasard, plusieurs fois, plein de fois. Un jour, on a bu un verre, plusieurs verres, plein de verres. Un autre jour, on est devenus un couple. Et aujourd'hui, on vit ensemble.
Je me souviens, au début, je n'arrivais pas à y croire. Il est tellement beau, tellement sympa, tellement tout que j'avais du mal à me dire que c'était moi qu'il avait choisie. Moi ! Il a un succès fou auprès des femmes. Même ma grand-mère le trouve sublime, c'est pour dire ! Il peut avoir n'importe qui et c'est moi qu'il a choisie (Heureusement, j'aurais mal pris qu'il choisisse ma grand-mère...).
Je ris dans ma barbe (c'est une expression, j'ai pas de barbe... team moustache) en repensant à quel point j'étais gaga au début. Par exemple, Francis adore jouer à la pétanque (Va comprendre d'où viennent ses abdominaux...). J'ai beau ne pas aimer la pétanque, je trouve ça super du coup ! C'est le plus beau sport du monde ! Juste parce qu'il aime, oui... N'importe quoi... Le micro-ondes sonne (et c'est tant mieux parce que j'ai mal aux doigts à tortiller ses cheveux), je vais chercher notre festin. Pile quand je reviens, Francis reçoit un message. Son visage s'illumine aussitôt. Je sais de quoi il s'agit, je le connais.
J'ouvre donc les paris : c'est son meilleur ami qui l'informe qu'il y a

un tournoi de pétanque en duo la semaine prochaine. (Je parie 1 000 € – oui, je le connais vraiment –, qui dit mieux ?)
Avec son plus grand sourire, Francis me dit qu'il y a un tournoi de pétanque en duo dimanche prochain. (Qu'est-ce que je disais, tout le monde me doit 1 000 € !)
Comme je le connais (l'histoire le prouve), je suis déjà en train de râler dans ma tête. Premièrement, parce que les dimanches d'automne sont faits pour rester au chaud à la maison ensemble. Deuxièmement, parce que dimanche prochain, je serai seule : Francis ne m'invite jamais à ses tournois de pétanque. (Jamais de chez jamais, je ne comprends pas pourquoi d'ailleurs. Je lui répète sans cesse que je suis une fan absolue de pétanque et des boules en général – pas de jugement... –, mais non : je fais pas partie de son duo. La place est prise par son meilleur ami.) Et troisièmement, parce qu'il va faire sa plus belle tête pour me demander si ça me gêne qu'il y aille et que, comme d'habitude, je vais lui dire « pas de problème » (et en souriant en plus !) parce que je n'ose pas lui dire la vérité : oui, ça me gêne. À 17 ans, ma vie se résume à mon petit ami : il faut absolument qu'on soit tout le temps ensemble (J'aurais préféré qu'il reçoive une pub promo pour des lasagnes surgelées, tiens...). Francis s'approche de moi. (Je parie 10 000 € que je vais avoir droit à sa plus belle tête dans quelques secondes, qui dit mieux ?) Il veut prendre mes mains, mais comme je tiens les lasagnes, il ne peut pas. Il pose alors ses mains sur mes épaules. (Il me prend pour son meilleur ami ou quoi ? Pourquoi il me débarrasse pas des lasagnes ?) Il fait sa plus belle tête et me demande si ça me gêne qu'il aille au tournoi dimanche prochain. (Tout le monde me doit 10 000 € !) Je réponds « pas de problème » (et en souriant en plus !). (À nouveau, j'ose pas lui dire ce que je pense... Je me connais bien...) Il affiche un sourire encore plus grand et il m'embrasse. (Mes mains sont brûlées à force de tenir le plat et les lasagnes sont froides, mais merci pour ce bisou.)
En posant le repas sur la table, je me dis que j'irai voir ma mère di-

manche prochain. (J'espère que ma petite sœur ne sera pas là.) Alors que je sers les assiettes, et que je me prends une plus grosse part que lui (je suis pas du genre à me laisser abattre... enfin si, mais j'essaye de pas me laisser abattre), j'entends Francis :

« Tu veux m'accompagner au tournoi dimanche prochain ? »

HEIN ? QUOI ? UUUH ? Je dois rêver mais, spontanément, je réponds « oui, je le veux ! », et là, il m'embrasse à nouveau. (Si c'est un rêve, ce baiser est vachement bien fait ! Heureusement qu'il n'a pas reçu une pub promo pour des lasagnes surgelées finalement...) OK, je n'aime pas la pétanque mais c'est génial, on va jouer en duo (et j'irai pas chez ma mère, accessoirement). Je suis super contente ! (Mais je dois 10 000 € à tout le monde... Quel enfer !)

Voilà déjà le jour J.
Pendant que Francis déjeune chez sa mère, je m'apprête.
Je veux être jolie pour notre journée en amoureux.
Une fois au top du top, je m'assois sur le canapé et j'attends son arrivée. Me voilà comme ma grand-mère : à guetter à la fenêtre ! Quand je vois sa voiture arriver, mon cœur se met à battre la chamade. (Chamade : sonnerie de trompette ou appel de tambour émis par des assiégés et signalant à l'ennemi leur intention de parlementer. C'est ma grand-mère qui me l'a dit un jour... Avant d'avoir des vues sur mon copain !) Excitée comme une puce, je descends à toute vitesse. Je suis si contente de vivre quelque chose avec lui, si contente de passer une journée à l'extérieur aussi. (J'ai beau aimé cet appartement, j'y suis quand même un peu trop souvent à mon goût.) Dans la rue, plus je m'approche de la voiture, plus je vois une ombre à côté de lui. Bizarre... J'ouvre la portière et je m'assois. La portière arrière... La place de devant (la mienne) est occupée par son meilleur ami... Je ne suis fan ni de pétanque ni de boules en général, et encore moins de

son meilleur ami. Qu'est-ce qu'il fait là ? Il n'a pas autre chose à faire ? Francis me sourit et démarre la voiture. Le trajet se déroule dans un silence absolu. (On joue au roi du silence sans que je sois au courant ?)
À notre arrivée en trio à ce tournoi en duo, je redoute le pire. Et évidemment, ce que je redoutais arrive, ils s'inscrivent ensemble.
Le tournoi commence.
Ils tirent, ils pointent, ils rient.
Je m'ennuie, je m'ennuie et je meurs à petit feu. (Cooomme d'haaabituuude... Bon, au moins, je suis dehors.) Que c'est long... Non mais regardez-le... Il tire la boule, il regarde la boule, la boule roule, la boule s'arrête, il rejoint la boule, il regarde la boule, il mesure la distance boule à boule, il rit de la boule avec ses amis « lanceurs de boules » et il retourne lancer une boule... Mais vite, une action, quelque chose ! (Sortez-moi de là !)
Soudain, une averse éclate. Il tombe des cordes. (Enfin de l'action !)
Au loin, Francis me fait de grands signes. À moins qu'il se serve de ses bras pour faire un parapluie ? Aucune idée et je m'en fiche, je me dirige vers sa voiture pour m'abriter. Mais sa gestuelle devient de plus en plus insistante. Mais qu'est-ce qu'il veut ? Comme par hasard, c'est quand il pleut qu'il se décide à me parler... Je marche vers lui afin d'entendre ce qu'il me crie : d'aller me mettre à l'abri dans la voiture. (Quelle bonne idée ! J'y aurais pas pensé.) Je fais demi-tour, direction sa voiture. Évidemment, c'est fermé à clé ! Il n'aurait pas pu me donner les clés tout à l'heure ? Comme si quelqu'un allait voler cette poubelle en plus... En récupérant les clés, je lui demande pourquoi il ne vient pas s'abriter avec moi dans la voiture. Il me répond qu'il se fiche d'être mouillé, il veut continuer à jouer. (L'amour des boules... C'est lui le fan finalement. Va comprendre.)
Abritée dans sa voiture, assise sur le siège conducteur cette fois (je vais me gêner), je m'ennuie, je m'ennuie et je suis trempée ! (Si j'avais su, je serais restée à l'appartement et j'aurais pris un bain.)
La pluie est battante. J'ai l'impression d'être dans un tunnel de lavage

tellement je ne vois rien. Je mets le contact pour faire fonctionner les essuie-glaces. Là, je vois qu'ils se sont abrités tous les deux. Je coupe aussitôt le contact. Les essuie-glaces s'arrêtent et la pluie tombe. Je suis dégoûtée. (Cette journée est aussi utile que l'accent circonflexe...)
Le vent souffle sur les nuages, l'averse passe.
À travers les gouttes sur le pare-brise, je les vois retourner sur le terrain sans même jeter un regard dans ma direction. Je cherche à m'occuper, à tuer le temps, je regarde un peu partout. Et là, devant moi, le téléphone portable de Francis.
Je n'y crois pas ! Francis est scotché à son téléphone, c'est sa vie, il ne s'en sépare jamais (jamais). Il préfère donc les boules à son téléphone portable. (Deuxième indice...) Il m'a toujours interdit d'y toucher et je ne sais même pas pourquoi, il ne m'a jamais donné d'explication. Pourtant, lui prend souvent le mien et il passe des heures à regarder je ne sais pas quoi dessus.
J'ai l'impression d'être sur « L'Île de la tentation » mais version pétanque. (Dans le générique, mes cheveux sont mouillés à cause d'une averse à un tournoi de pétanque donc... Pas parce que je sors d'une eau turquoise sublime, car je suis sur une île paradisiaque...)
D'un côté, c'est une occasion en or pour jeter un œil à son jardin secret ! Surtout qu'il est occupé à jouer... Mais d'un autre côté, à quoi ça sert de regarder ? Qu'est-ce qu'il pourrait me cacher ? Je ne lui cache rien moi... Après tout, on habite ensemble, on est bien ensemble, il ne doit rien y avoir de fou dans son jardin secret. Et chacun a le droit d'en avoir un.
Zut... La tentation est forte. J'hésite ! (L'île porte bien son nom ! L'inventeur de ce nom peut être fier de lui.)
Est-ce que Beyoncé regarde dans le téléphone de Jay-Z ?
Évidemment.
Allez ! Ça fera passer le temps en plus. (C'est long un tournoi de pétanque en fait... Aussi long qu'une soirée *Titanic* sur TF1 avec les coupures publicitaires.) Direction les messages de Francis. Waouh, il y en

a une tonne ! Je ne pensais pas qu'il connaissait autant de monde.

Je les lis, tous, les uns après les autres : ceux qu'il a reçus, ceux qu'il a envoyés, ceux qu'il a supprimés et même les brouillons. Les ailes que l'amour m'a données se transforment en poids lourd dans mon dos et les papillons dans mon ventre s'envolent pour laisser place à un atroce mal de ventre : « L'Île de la tentation » se transforme en « Île de la panique à bord ».

Je me sens mal. J'ai l'impression de rêver tellement ça semble irréel, je n'arrive pas à y croire : Francis me trompe ! Et pas qu'un peu... (Je croyais qu'il était contre la colocation en plus ?)

Au début de notre relation, Francis m'a interdit de parler à certaines de mes amies (sans aucune explication, bien sûr !). En lisant ses messages, je comprends pourquoi il m'a éloignée d'elles : comme ça lui peut en être proche (trop proche à mon goût...) !

J'étais à des milliers de kilomètres du monde réel en fait, complètement sur une autre planète. Je descends de mon nuage pour atterrir sur terre. J'accuse le coup. En fait, j'étais si excitée par cet appartement que j'ai oublié qu'il peut y avoir des vices cachés. « Vice caché », ce n'est pas un mot présent dans ma vie, ni dans mon vocabulaire. (Et pourtant j'en ai !) OK, j'en avais déjà entendu parler mais, comme d'habitude, je me suis dit que ça n'arrivait qu'aux autres. À aucun moment, je ne me suis demandé où était l'arnaque. Pire, je n'ai jamais imaginé qu'il pouvait y avoir une arnaque ! Francis est tellement beau, tellement sympa, tellement tout... Tout était rose. (Comme les débuts d'une relation.) Et maintenant, tout est gris. (Comme beaucoup de relations.)

Je n'arrive pas à bouger, ni à regarder autre chose que son téléphone portable. Les larmes coulent sur mes joues et, comme je n'ai pas la force de chercher des mouchoirs, je m'essuie avec la manche de mon manteau. (Je passe de « L'Île de la tentation » à jeune espoir féminin dans un film d'auteur.)

Soudain, la portière s'ouvre et me ramène à la réalité : Francis est là, devant moi, et il me sourit. (Même avec des larmes plein les yeux, je le trouve tellement beau...)
Il me demande si je vais bien et si je ne m'ennuie pas trop. (Pourquoi je m'ennuierais ? C'est vrai que j'ai l'impression d'être dans la voiture depuis une semaine, mais t'inquiète pas... Va faire mumuse avec ton ami pendant que mon monde s'écroule parce que tu me trompes.)
Et puis il voit les larmes sur mon visage et son regard se pose aussitôt sur son téléphone portable dans mes mains. Il me jette un œil noir qui me glace le sang. J'ai l'impression d'avoir empêché son poisson de prendre de l'air en plongeant sa tête dans l'eau tellement il me tue des yeux. Il lâche ensuite :

« T'aurais jamais dû faire ça. »

Et il s'en va en claquant la portière. (Vu l'état de sa voiture et la violence de son geste, je suis étonnée qu'elle se détache pas.)
Non seulement mon château de princesse vient d'être détruit, mais en plus Francis vient d'uriner sur ses ruines sans aucune pitié (et vu l'odeur, il devrait boire plus d'eau...) : comment ça c'est moi qui suis en faute ?!? (HEIN ?)
Il se fiche complètement que j'aie découvert qu'il me trompe de la tête aux pieds. (Expression réinventée pour être raccord avec l'averse.)
Il se moque royalement que je sois triste et blessée. Il continue tranquillement sa vie et son tournoi.
En se rendant compte du mal qu'il fait à la personne qu'il aime, n'importe quel être humain prendrait deux minutes pour être désolé (ou faire semblant de l'être), pour parler et pour consoler cette personne qui pleure et qui souffre. Surtout s'il est responsable de son malheur !
Pas Francis. Pas mon prince charmant. Tu parles ! Comme si un prince charmant préférait les boules de pétanque à sa princesse...

« Navré, Cendrillon, j'ai pas le temps de te faire essayer cette pantoufle de vair, j'ai pétanque au château... »

« Aurore, pardonne-moi... J'ai pas le temps de t'embrasser pour te réveiller de ton sommeil, j'ai pétanque champêtre... »

« Anna, ma chère sœur. Pardonne-moi... J'ai pas le temps de m'occuper de ce problème à Arendelle, j'ai pétanque glacée... »

Toute la journée, je reste dans la voiture, à pleurer et à repenser à tout ce que j'ai lu. Toute la journée, Francis m'ignore. Enfin, à un moment, le tournoi est terminé. (J'y croyais plus.) Mais je ne les vois pas revenir à la voiture... J'espère qu'il n'y a pas d'after...
Soudain, Francis ouvre la portière. Ça me fait sursauter (décidément, c'est la journée des surprises). Pendant que je lui laisse la place, son meilleur ami s'installe devant. On rentre dans un silence encore plus pesant que celui de l'aller. Arrivé en bas de chez nous, il ne coupe pas le moteur.
Je comprends qu'il va rester avec son meilleur ami.
Je suis anéantie. Je n'arrive pas à bouger.
Sur un ton glacial et méchant, il me dit de sortir. Bouleversée, je m'excuse d'avoir regardé dans son téléphone et je le supplie de me parler, de monter à l'appartement avec moi et de ne pas me quitter. (Triste et débile, oui... C'est moi la coupable, alors que j'ai rien fait...)
Silence.
Alors je descends de la voiture et je le regarde partir.
Chez nous, je croise mon reflet dans le miroir : vu mon visage, je mérite l'oscar de la meilleure actrice dans un rôle dramatique. (Impossible pour Madonna... Toujours le Botox...)
Je déambule dans l'appartement. J'avais été si heureuse de signer le bail. (Je criais partout, fière : « Vie de locataire : enclenchée ! ») On n'a jamais sorti le champagne pour fêter ça. Aujourd'hui, je sors les

mouchoirs pour pleurer. (Même Madonna aurait pleuré si le Botox le lui permettait.)
En allant à la cuisine, j'ai tellement de larmes dans les yeux que je ne vois rien : BOUM, je me prends le mur ! J'ai envie de pleurer (mais je pleure déjà...). Tant pis, je m'en fiche, je reste déterminée à me goinfrer de friandises et j'arriverai jusqu'au placard ! (Même si je dois avoir des bosses partout sur la tête !)
Arrivée devant le placard à confiseries, je réalise que je ne l'ouvre jamais. (Je tiens à être la plus belle pour Francis, alors je fais attention... Quelle blague...) Je l'ouvre pour, je pense, la deuxième fois de ma vie, et là, j'hallucine. J'essuie vite mes larmes pour être sûre de ne pas rêver : hélas non, je ne rêve pas... Pourquoi il y a des rats dans le placard de ma cuisine ? Ils étaient là le jour de la visite ? Qu'est-ce qu'ils font chez moi ? C'est des rats connus ou quoi ?!

Je prends mon portable et, vite, je tape « rats connus » sur Google. Ensuite, j'essaie de prendre contact avec eux, histoire d'en savoir plus...
Rémy ? Personne ne s'appelle Rémy ? (OK, c'est pas Ratatouille...) Splinter ?? Non ? (Pas les Tortues Ninja non plus...) Croutard ??? Personne non plus ? (Bye bye Harry Potter...) Donc c'est des rats lambda... (Su-per.)
Là, j'aurais adoré être Minus ou Cortex pour inventer une machine qui me propulserait loin de cette horreur.
Ah ! quelqu'un s'appelle Minus ? Ou Cortex ?? Oh mais non, ce ne sont pas des rats, ce sont des souris... Mais que font-ils, tous ces ingénieurs surpayés, au lieu de me fabriquer une machine à propulsion anti-horreur ?
Je ferme le placard et je me dis que tout le monde fait des erreurs. (Il faut que je propose « Francis » en synonyme du mot « erreur » au dictionnaire au plus vite.) Et comme je ne fais pas les choses à moitié, je suis allée loin dans l'erreur. (J'ai jamais aimé le jeu des « 7 erreurs »...

Ni celui des « 7 familles »... Et encore moins celui des « 7 inclassables Mélissa Frégé », jeu que je viens d'inventer et qui consiste à trouver quelle est la pire des fétides Mélissa Frégé proposées dans la liste des 7 infalsifiables Mélissa Frégé. Un jeu sans fin...) Trop jeune sûrement, trop bonne probablement, trop conne assurément.

Il fait nuit. Pas de nouvelles de Francis. Je me couche seule, triste et coupable (alors que vraiment, j'ai rien fait de mal...)

Le lendemain, je n'ai même pas encore ouvert les yeux que je pense déjà à la journée d'hier. Je suis à nouveau anéantie. Ma vision d'une relation de couple est d'être bien à deux. Je préciserai même uniquement à deux. Être un duo, non pas un trio, pas un quatuor non plus, juste deux, seulement deux. (Un plus un égale ?) Francis partage ma vision en plus. Seulement, il n'a pas précisé que ce n'est qu'en théorie, pour faire joli. Joli comme les meubles dernier cri d'une cuisine. Si jolis qu'on ne les ouvre jamais. Qui s'intéresse à l'intérieur quand l'extérieur fait mouche ?! Est-ce qu'un jour il existera une émission dans laquelle on notera l'intérieur des meubles à la manière de l'émission « Un dîner presque parfait » ? (Je crois pas non.) Surtout qu'un meuble, c'est plus joli fermé. (Moins dangereux, aussi...) D'où les extérieurs travaillés avec soin versus les intérieurs qui ne cassent pas trois pattes à un canard : deux planches qui tiennent sur quatre vis.

J'ouvre les yeux, c'est les chutes du Niagara (j'ai dû m'endormir en pleurant). Ils me font mal et je suis dégoûtée d'être ici. Eh oui, parce qu'en découvrant que je ne suis pas la seule occupante de mon premier appartement, je suis passée de l'autre côté du conte de fées. Bye bye la simplicité, la joie, le bonheur, la chaleur, le soleil et la déshydratation. Je m'en veux terriblement d'avoir joué à la grande et d'avoir pris un appartement alors que je n'ai que 20 ans... L'âge où je me demande quand mes seins vont pousser... (Ça existe l'engrais pour seins ?) Et surtout, je m'en veux d'avoir emménagé avec l'extrême opposé de la bonne personne, je ne pouvais pas faire pire... Coucou Francis ! (Pas Lalanne, ni Cabrel, ni Huster... C'est pas un rat connu non plus...)

Je voulais juste croire au prince charmant.
Aveugle, je n'ai pas réalisé être la seule à m'investir dans cette relation. Aveuglée, j'avais fait de sa parole la parole divine, il était mon Oprah, mon Wikipédia. Mais Francis est plus charmant que prince. Découvrir ces rats m'a anéantie et je ne comprends pas pourquoi il me trompe. Si Francis est en couple avec moi, c'est bien qu'il m'aime, non ? Au moins un petit peu… Il doit bien m'apprécier un minimum, non ? D'autant que je suis aux petits soins, je fais mon possible pour le rendre heureux. Jeune et inexpérimentée, je suis complètement passée à côté de ce vice caché. Trompée par la personne que j'aime et avec laquelle je vis… Où est le respect, où sont les valeurs, mais surtout, où est l'amour ? (Aucune idée… J'ai pas de GPS de vie…) Je m'assois dans le lit et m'apprête à en sortir pour me faire un chocolat chaud. Mais beurk ! Savoir ces rongeurs à côté de moi… Beurk, je suis écœurée ! Je ne suis pas heureuse dans mon appartement, à subir cette colocation. J'ai horreur de ça ! (C'est pire que les tampons hygiéniques bon marché !) Pour me changer les idées et essayer de penser à autre chose, je me lève d'un pas décidé ! OK, super… Et après ? J'ai le choix entre le salon, la cuisine et la salle de bain. J'opte pour le salon. (Le canapé est quand même plus confortable que la cuvette des toilettes.) Au lieu d'allumer la télé, j'allume la chaîne hifi et je lance le CD qu'il y a dedans. C'est Diam's. Je ne connais pas trop mais Francis est fan (troisième indice ?).
Assise sur le canapé, je me mets à pleurer quand je l'entends raconter sa vie mais surtout sa peine : elle vient de découvrir que son petit ami la trompe. Mon cerveau se bloque sur les paroles : « Si tu m'aimes, dis-moi pourquoi t'as ken cette chienne ? » Que vient faire Ken, le petit ami de Barbie, dans la chanson de Diam's ? Aucune idée, mais lui est connu, pas comme mes rats… Je suis extrêmement bloquée d'incompréhension. Si bloquée que je n'échappe pas au torticolis musical. (Moins sympa que les chaises musicales !)
J'appelle ma petite sœur. Oui, celle dont je suis l'aînée de 10 ans. Depuis 2 ans. Oui, elle a 5 ans, puisque j'en ai 17. Mais ayant la maturité

d'une pré-ménopausée, avec ma sœur comme pour les chiens, on multiplie par 7 ! Elle se lance dans des explications en ayant pitié de moi et de mon incompréhension. Elle se la joue snobinarde... Si bien que je l'imagine avec un cigare dans la main droite et un verre de chardonnay dans la gauche... (Mais pour qui elle se prend ?)
Désormais comprise, voici la signification de la phrase « Si tu m'aimes, dis-moi pourquoi t'as ken cette chienne ? » : si tu es épris de mon être féminin, informe-moi donc de la raison qui t'a poussé à forniquer avec cet autre être féminin que je comparerais à une femelle de la race canine. (Phrase qui n'a finalement aucun lien ni avec Barbie ni avec Ken !) Non seulement, je comprends désormais la phrase de Diam's, mais je comprends surtout sa souffrance et j'ai l'impression qu'elle raconte ma peine, quand elle parle de la sienne. (De quel droit elle raconte ma vie à tout le monde ?) En me sentant moins seule, j'ai une illumination : il doit exister des produits anti-rats !
Je fonce au magasin (mon pyjama fait un peu jogging, ça passe... hum...). Là, je découvre une tonne de produits anti-rats. Victoire !
Mais... Est-ce que cet appartement mérite ce produit ? En réalité, je n'ai pas à lui donner de deuxième chance. Zut, j'hésite. Ça me paraissait une superbe idée pourtant.

J'ai l'impression que les vices cachés sont trop forts et que ça ne servira à rien... Mais c'est aussi mon premier appartement et, malgré ça, je l'aime et je le trouve si beau... Et il y a une baignoire ! Je suis perdue... Que dit la notice ? OK, donc c'est une pâte fraîche qui sert d'appât. D'accord. Bon, je le prends et je verrai.
Sur le chemin du retour, je réfléchis. Cet appartement me dégoûte en réalité, il m'a fait du mal et il s'en fiche royalement. Il ne mérite pas de deuxième chance. Et je ne mérite pas d'être traitée comme ça : je n'ai rien fait de mal.
À peine la porte ouverte, j'ai à nouveau envie de pleurer.

Mon appartement si joli est devenu sombre, glauque et puant.
Je touche le mur, il est humide.
Je marche, le parquet plein d'échardes craque.
J'ai froid, la fenêtre n'isole pas. (En même temps, ça coûte une blinde le double-vitrage...)
J'ouvre le placard de la cuisine, mes colocataires à quatre pattes se sont reproduits. (Mais ils pensent qu'à ça, obsédés !)
J'ai envie de vomir. Je me couche, de toute façon je ne sais pas quoi faire et la nuit tombera bien à un moment... Je m'endors en pensant à la date de rétractation sur le bail qui est passée : ma vie immobilière est donc un enfer acté et signé de ma propre main...
Le lendemain, je réalise que je n'ai toujours pas eu la moindre nouvelle de Francis. En colère, je sors de mon lit pour aller jeter le produit anti-rats à la poubelle. (J'ai pas la force d'aller me faire rembourser. Dommage, j'ai pris le plus cher...) Je retourne ensuite me coucher. Je n'ai plus d'espoir et c'est officiel : mon prince charmant a foutu le camp. Pascal Obispo peut écrire le tube de l'hiver avec ma vie de cocue, c'est le monde à l'envers, l'enfer au paradis. (Tuluuuu tuuu tuuuu !)
Je voulais avoir des papillons dans le ventre... Pas des crampes d'estomac...
Là, maintenant, tout de suite, je vis un moment fort en émotion. Je dois faire un petit break...

J'arrive...

Moment émotion terminé.
Pour les papillons dans le ventre, ce n'est pas mon tour, il faut passer un autre jour, comme dit Diam's dans une autre de ses chansons. (Toujours pas de référence ni à Barbie ni à Ken dans cette chanson.)
Soudain, j'entends la porte d'entrée s'ouvrir. J'entends ensuite du bruit dans la cuisine et, quelques secondes après, il est là, devant moi, et il tient le produit anti-rats dans les mains. Il me sourit.

Et moi ?
Je suis heureuse comme jamais ! (Par contre, dans le même pyjama depuis des jours, je suis pas sapée comme jamais…) Mon prince charmant est revenu ! Et il veut que je lui donne une deuxième chance ! OK, je le veux aussi.
Sans qu'il m'explique quoi que ce soit ou s'excuse, on reprend la vie et on continue notre relation comme si de rien n'était.
Pour l'appâter, je laisse constamment le produit anti-rats en évidence dans la cuisine (j'aurais fait une excellente influenceuse produit anti-rats) et j'espère du fond du cœur qu'il l'utilise, qu'il se débarrasse de mes colocs à quatre pattes. Je ne veux pas que cette deuxième chance soit une perte de temps, j'ai signé pour un conte de fées !
Les jours passent et se ressemblent… Rien n'a changé. Francis sait qu'il peut faire tout ce qu'il veut et il ne se gêne pas. Quand on n'est pas ensemble, soit il éteint son téléphone portable, soit il m'ignore. Dans les deux cas, n'ayant aucune nouvelle, je passe mes soirées à pleurer au lieu de les passer à rire et à profiter comme toutes les personnes de mon âge. Et quand il se décide à me parler ou à être avec moi, il faut que je sois disponible. (Qui fait ça ?) Comme c'est ma première histoire d'amour, je veux qu'elle dure une vie. Alors, je prends sur moi en me disant qu'il faut que je m'y fasse. De toute manière, je n'ai pas le courage d'affronter le problème.
Il paraît que l'amour donne des ailes. Dans ma situation, l'amour me les coupe. Aucune chance de voler. Déjà, je ne pense pas que Francis traite le problème « rats », mais en plus, il est pire qu'avant : il m'interdit de porter des jupes, de sortir, de parler à d'autres hommes et il compte mes messages. J'ai une carte prépayée et il sait combien de messages il est possible d'envoyer avec ces cartes. Alors, il vérifie que tous mes messages sont bien pour lui. S'il en manque un, on se dispute si violemment qu'on pourrait croire que je l'ai trompé. (Qui fait ça ? Et qui a trompé l'autre surtout ?) Je suis devenue esclave de mon petit ami et de ses envies. Et malheureusement, ce n'est pas en mode Britney…

(I'm a slave for you, it's Britney bitch!)
Coupée de la vie, seule chez nous, je trouve plus simple de subir et de dire OK à tout que de penser à moi, donc à ma vie. Je me réconforte en prenant des bains. Et encore... Je n'ai même pas de bain moussant... Moi qui pensais vivre la plus belle des histoires, je suis déjà morte, à à peine 20 ans (mes seins ont même pas encore poussé !). Voir le produit anti-rats m'énerve. Je l'attrape et je fonce au magasin demander le remboursement intégral. Arnaque et trahison ! Il ne fait aucun effet. (Alors que j'ai pris le plus cher...) Je m'attends à ce que le vendeur me dise qu'il ne fonctionne pas parce que l'infection est trop profonde. Au lieu de ça, il me rembourse sans discuter. J'hallucine ! Et je ne comprends pas. Je lui demande s'il se moque de moi (c'est peut-être un cousin de Francis, on sait jamais). Il m'affirme que non et qu'il n'y a aucun problème vu que le produit n'est pas ouvert. (Hein ?)
J'ai mal au ventre. Sans dire un mot, je récupère mon argent et je sors du magasin. Alors il n'a même pas essayé... Je lui ai offert une deuxième chance sur un plateau en or et il a uriné dessus ! (Toujours mal hydraté...) Ça ne peut pas continuer.
Il faut que j'arrête de vivre dans le déni et que j'affronte Francis. Déjà trois ans qu'il me prend pour un œuf. (Et il les prend à la douzaine ses œufs ! Sale adorateur de boules !) Il ne réalise pas que je suis une meuf, pas un œuf. (Meuf mayo, meuf à la coque.) Il faut dire que la lettre M est si proche de la lettre O dans l'alphabet aussi... (L'ironie est ma passion. L'omelette est celle de Francis. Je vais lui jeter des œufs dessus, tiens ! Cot Cot Cot ! – Qui est arrivée en première : la meuf ou la poule ?) Je pensais vraiment que tout s'en irait comme par magie, ça n'arrive que dans les Disney... (Et encore, pas dans les derniers.)
J'ai été élevée aux contes de fées, alors j'ai voulu y croire. Je voulais des oiseaux qui chantent en m'aidant à faire le ménage et un prince charmant qui n'aimerait que moi. (Et son cheval blanc, à la limite...)
C'est ni un beau roman ni une belle histoire : mon prince charmant est complètement malade, pervers, malsain et manipulateur.

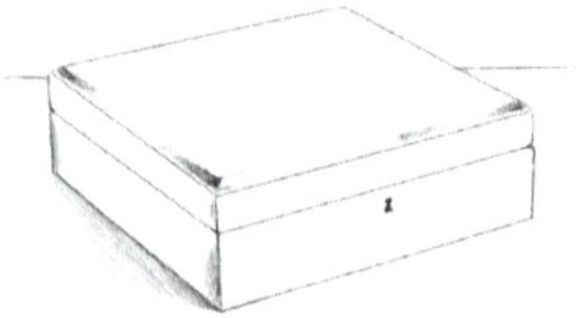

À l'appartement, bien évidemment : personne.

Je fais mes valises, et plus j'enlève mes affaires, plus je me sens bien. Une fois que j'ai terminé, je claque la porte et je m'en vais (il avait qu'à être là !). J'appelle ma mère pour la prévenir que j'arrive (j'espère que ma petite sœur a déménagé…) et j'appelle le propriétaire pour l'informer que je quitte l'appartement et que, désormais, la totalité du loyer est à prélever sur le compte de Francis. Assise à l'arrêt de bus, j'attends (en souriant !).

Comme dit ma grand-mère : il faut que jeunesse se fasse. Il y a eu pertes et fracas, mais cet appartement est un vrai mal pour un vrai bien. Oui, ma toute première relation amoureuse est très difficile et surtout très néfaste, mais elle permet à ce petit truc en moi de naître et d'exister. Ce petit truc qui me fait grandir et devenir exigeante avec moi-même. (Non, je parle pas d'être enceinte.) Mes seuls critères pour trouver un appartement génial (et habitable) ne peuvent pas être la beauté et la présence d'une baignoire. Je réalise à quel point je suis un être libre, plus personne ne me dictera quoi que ce soit. Je suis la seule décisionnaire de ce qui est bon ou pas pour moi.

Et si je me trompe ? Ce n'est pas grave, ce n'est pas irréversible. Ce sera une leçon de vie et je m'en remettrai. Un appartement, même s'il est vraiment beau, ça se quitte. Et même si j'adore les baignoires, elles sont loin d'être indispensables (et je ne veux plus passer ma vie dedans pour oublier ma tristesse).

Le pilier important d'une relation, c'est les fondations.

On ne construit pas du neuf sur du vieux, ça ne sert qu'à repousser le problème. Reculer pour mieux sauter, pour citer une expression française. (On a de si jolies expressions en France. Je le sais, je suis plein de comptes de citations sur Instagram.)

Finalement, Francis est utile à ma vie, car j'ai tout de suite mis le pied

à l'étrier avec lui, il m'a tout de suite montré ce que je ne veux pas. Je ne regrette rien. Tout comme la cuisson des œufs, la vie s'apprend. Je sais maintenant.
Je revois mes critères minimums à la hausse grâce à lui. Et comme il s'agit de ma vie, c'est mes règles, point final. (Je parle évidemment pas de mes menstruations.) À la base, je n'ai rien contre les rats. Mais je ne veux plus jamais vivre avec eux. OK, ils sont petits et mignons, mais ils sont trop égoïstes et ils font beaucoup trop de dégâts à mon goût… (Non aux omelettes !)

Je veux le beau roman et je veux la belle histoire.
Alors, je vais m'en donner les moyens.
Et puis, en réalité, quand je prends un bain, au-delà d'essayer de me consoler, je macère dans ma crasse…

Moralité :
À force de partager la même baignoire, on retrouve des cheveux qui ne sont pas les siens. Et c'est tout, sauf agréable.

Francis en pratique

Tu te tires ou tu pointes?

Toi aussi, gâche ta vie ! Pour ça, relie les points.

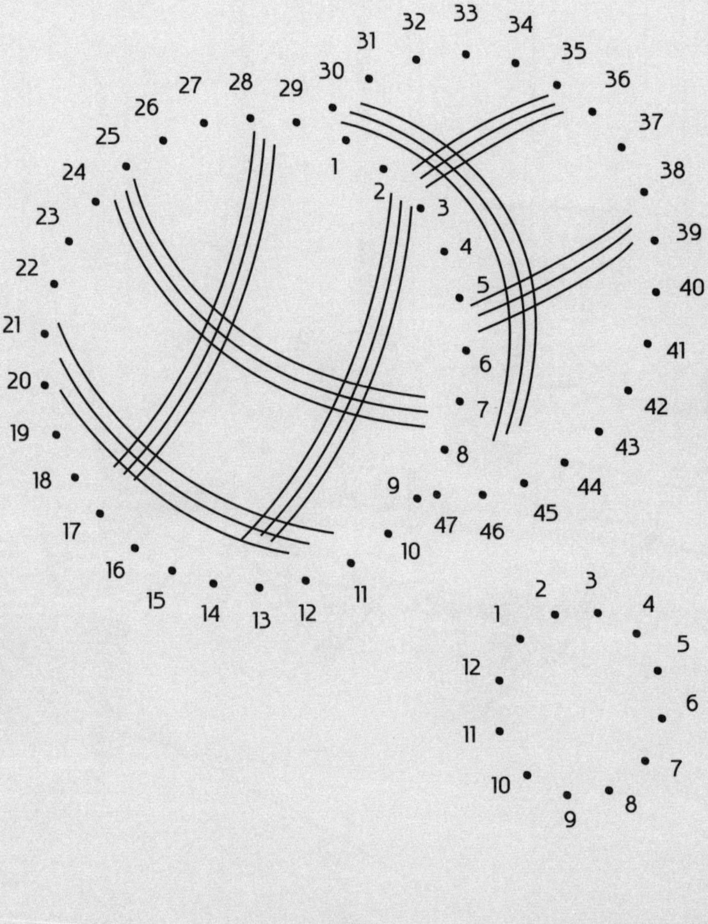

Matteo en théorie

Matteo

Démolir du vieux pour construire du neuf

J'en veux terriblement à la miniature qui me sert de petite sœur. Je devrais lui faire une coupe Playmobil et la donner en pâture aux enfants dans un Toys "R" Us pendant la période de Noël... Pire! Pendant les soldes!

Avant, une heure sur Facebook et deux sur Instagram, et hop : j'étais heureuse. Liker des photos, regarder des vidéos, lire les commentaires, la base du bonheur en résumé. En partant du principe qu'on a de la batterie, bien sûr! Scroller un écran sans batterie ne sert pas à grand-chose. Sauf à faire du patinage artistique de doigts. (Note à moi-même : lancer les Jeux olympiques de doigts. Note à moi-même bis : m'assurer que la démesurée Mélissa Frégé n'y participera jamais.)

C'est plus facile de confier son bonheur à quelqu'un que de le cultiver soi-même. C'est d'ailleurs pour cette raison que j'aurais adoré avoir de la batterie, pour éviter de penser à moi, donc à ma vie, donc à ma petite sœur, donc aux Playmobil, donc à Toys "R" Us, donc au shopping, donc à Internet, donc à Facebook, donc à mon téléphone portable, donc à moi, donc à ma vie, donc... C'est un cercle vicieux sans fin! Voilà un problème que les ingénieurs surpayés ne règleront pas...

Il suffit de se perdre dans les applications, les jeux et les réseaux sociaux pour ne pas avoir besoin de réfléchir, et comme il est plus simple de ne pas se poser de questions, il vaut mieux avoir de la batterie. CQFD. C'est moi, ou je pourrais devenir l'un de ces ingénieurs surpayés ? J'en fait de ces belles découvertes. Voici d'ailleurs l'une des premières choses que j'apprendrais à mon enfant :

« Appolin, écoute maman une minute. Quoi qu'il arrive, dans la vie, il faut toujours que ton téléphone portable soit chargé. Et veille aussi à ce que le numéro de ta tante soit bloqué. »

Je l'avoue sans honte, je ne suis pas aussi forte que Beyoncé. (Mais je suis plus forte que la monstrueuse Mélissa Frégé ! – J'espère que Beyoncé ne déprime pas trop de ne pas encore avoir de mes nouvelles...) Donc après avoir quitté mon premier appartement, je suis retournée vivre chez ma mère. Ce qui veut dire : sous le même toit que ma petite sœur. («Pourquoi Seigneur ?») Comme si je n'avais déjà pas assez de choses à encaisser... Je sais que quitter Francis était la bonne décision, mais en quittant mon premier appartement, je n'ai pas seulement quitté le lieu, j'y ai laissé toutes mes projections. Et vu le temps que je passe allongée, j'en avais des tonnes, de projets pour le futur ! J'avais imaginé passer quelques années dedans, me mettre à la cuisine (dans l'unique but de faire des gâteaux), y être heureuse, changer de lessive, profiter, allumer des bougies parfumées et d'autres nombreuses choses odorantes. J'avais imaginé n'avoir qu'une seule et belle histoire d'amour. Un jour, on aurait déménagé de cet appartement pour une maison avec jardin, car la famille s'agrandissait... #Appolin. Eh bien non, que dalle, rien, fini, terminé, adieu le parfum « pêche des vignes » de ma bougie parfumée. (Mon parfum préféré...) Me voilà sous le même toit que ma petite sœur ! (Je m'en remettrai jamais !) N'empêche, j'avais beau avoir tout prévu, tout s'est écroulé sans qu'on me demande mon avis. Cette rupture m'a fait comprendre qu'on pense tout contrôler, mais que c'est une illusion. Et on contrôle encore moins quand on n'est pas tout seul dans l'histoire. Alors, face à ce constat d'impuissance, le futur me terrorise et j'ai profondément besoin de ma mère. En bonne maman, elle me remonte le moral en m'offrant un pyjama Mickey. (Je préfère Donald mais pourquoi pas...) Sauf que voilà ma petite sœur... (La relou !) Elle ne peut pas me laisser tranquille ? Je suis une jeune *air mother* qui a besoin de calme. Alors que je ne lui ai rien demandé, elle me dit :

« Le joli jeu de la vie consiste à tomber, à se relever et à grandir. »

(Pour qui se prend cette philosophe du dimanche ? Et encore, que du dimanche matin... Elle a que ça à faire ?)
Force est de constater qu'elle mérite que je l'ignore sans attendre.

« Passe-moi le sel… Passe-moi le SEL… PASSE-MOI CE P**** DE SEL ESPÈCE DE SALE *** ! »
(Ah, je crois qu'elle le prend mal... Tant mieux ! Elle me gonfle, mais alors elle me gonfle...)

Heureusement, ma mère ne me gonfle pas, elle. D'ailleurs, grâce à elle, je vais de mieux en mieux.
Dans l'une de ses chansons, Kendji Girac dit que rien n'est plus génial qu'une maman. Alors si Kendji le dit… (Son nombre de followers est quand même à six chiffres !) Il y a sur terre deux êtres qui t'aimeront toujours plus qu'elles s'aiment elles-mêmes : ta maman et ton chien. Ce n'est pas Kendji qui dit ça mais c'est vrai. (Instagram ne ment jamais.) Je vais mieux.
La seule ombre au tableau, la déception immense dont je suis victime. (Je préfère être une victime de la mode, mais je m'adapte.) Pourtant je suis lucide : il était désastreux cet appartement, mais c'était mon premier, ma première fois. J'adore les premières fois en plus ! Mais pas là. (J'aime pas non plus quand l'esthéticienne m'épile le SIF – Sillon Inter Fessier – mais c'est pas le sujet...)
Bon.
Énoncé : Suite à l'échec de ma relation, je suis revenue au domicile familial.
Constat : Je me fais chouchouter et je peux dormir toute la journée, je suis pardonnée de ne rien faire, de ne pas bouger un seul doigt.
Conclusion : C'est le top !
Conclusion bis : Ma petite sœur a raison, il faut que je réfléchisse plus souvent : ça me permet de voir le verre à moitié plein. Peut-être que je peux recommencer à lui passer le sel…
Perspectives d'avenir : Finir vieille fille et adopter des chats, plein de chats, trop de chats. Je n'ai pas envie de sentir le chat. Je préfère le chien et je n'ai pas non plus envie de sentir le chien… C'est pour dire à quel point je ne veux pas sentir le chat !

Changement de plan : Me bouger.
Je m'identifie à Beyoncé, pas à Brigitte Bardot.
Queen B forever ! (B comme Beyoncé, pas comme Brigitte.) Allez !
J'arrête d'être dure avec moi-même et j'arrête aussi de m'en vouloir. Je ne peux rien changer au passé, je ne peux qu'améliorer l'avenir. Dans mon cas, améliorer l'avenir se résume à ne pas adopter de chat. (Facile.)
Un beau matin, vers 15 heures de l'après-midi, ma petite sœur ose me réveiller pour me demander pourquoi je reste tout le temps à la maison, pourquoi je ne sors pas, pourquoi je ne vais pas faire la fête. Et comme si c'était déjà pas assez chiant, elle ponctue ses questions avec des « c'est de ton âge » et des « ça te ferait du bien ». (La gifler avec un gant Mapa humide me ferait du bien, oui. Mais je suis non violente. Me retrouver devant elle avec un gant Mapa humide ne me servirait donc pas à grand-chose.) Elle m'exaspère autant qu'elle me fait rire… Elle ne s'arrête donc jamais alors !
Une fois seule, je téléphone à mes amies pour me moquer d'elle.
Loupé.
Toutes adorent l'idée d'aller faire la fête. (Il me faut donc plusieurs gants Mapa…) OK, je n'ai rien à me mettre et je dois trouver une « air nounou » pour Appolin, mais allons faire la fête. (Grosse ambiance, ce soir on sort mes angoisses et moi !)
La soirée se termine en même temps que la nuit, il fait jour quand je me couche.
Waouh. J'avais oublié le bonheur de se lâcher, de vivre, de ne penser à rien, de danser n'importe comment. (Si Beyoncé s'est mise à danser à la moindre angoisse, je comprends pourquoi elle danse aussi bien. Personnellement, quand ça m'arrive, je me fais une moustache avec une mèche de cheveux… Pas certaine de remplir l'Olympia avec ça…)
J'avais aussi oublié que quand on est en bas, on ne peut que remonter

(même Tina le dit : Alllez plus haaaut). Je m'endors le sourire aux lèvres. Le lendemain, à peine les yeux ouverts, j'ai droit au « t'as vu, j'avais raison ! » de ma petite sœur. Après l'avoir dévisagée d'énervement, car force est de constater qu'elle a raison, je la serre dans mes bras. Pas besoin de parler, elle sait. (Ce serait pas du luxe qu'elle se lave les cheveux, c'est quoi cette odeur de légumes ?)
Je vais bien.
Je chante à nouveau sous la douche, je ris à nouveau à la moindre bêtise et je ne pense plus à mon premier appartement mais au prochain. Le futur me fait nettement moins peur. Ma vie repart sur les bons rails et je suis dans le bon train. J'aurais fait un excellent agent SNCF.

Tiens, il y a du soleil à l'horizon. Je le connais ce soleil. Je l'adore en plus ! Beau, cool, gentil, le soleil quoi.
Quelle belle surprise de tomber sur lui par hasard. Je débordais déjà de joie mais alors là ! Qu'est-ce qu'il fait là ? (Comme si c'était fou d'être dans la rue...) Je me rapproche de lui, je réalise à quel point il m'a manqué. Eh oui, comme je n'avais ni le droit de le voir ni de lui parler quand j'étais en couple avec Francis, ça fait des années qu'on s'est perdus de vue. J'ai même oublié qu'il existait. Je parle pas de celui au-dessus de nos têtes, qui est évidemment impossible à oublier. Quoique... Plongés dans nos routines, on oublie de le regarder et d'en profiter (je me la joue coach en développement personnel, oui...). Je parle de mon ami Matteo. Et c'est un surnom que je garde pour moi. (Est-ce qu'il a besoin de savoir qu'il rayonne tel le soleil ? Qu'il est lumineux comme cette étoile ? Que sa présence est réconfortante et chaleureuse ? Non.)
Heureux de nos retrouvailles, on décide de passer l'après-midi ensemble.
Pendant que Matteo téléphone pour annuler ses projets, je passe deux, trois, appels pour annuler les miens (sauf que j'avais rien de prévu, je fais donc semblant d'avoir une vie pleine de projets...).
Sans savoir où on va, on marche dans la rue. C'est comme si on s'était

vus la veille, rien n'a changé. On se raconte plein d'histoires, on se remémore des souvenirs, on rigole beaucoup aussi.
L'après-midi passe à la vitesse de la lumière. (Façon de parler, si voyager à la vitesse de la lumière était possible, on serait désintégrés…)
C'est l'heure de l'apéro, on s'assoit en terrasse. Là, Matteo prend son air le plus sérieux et me demande comment je vais. Sans trop entrer dans les détails (mais quand même un peu), je lui confie ce que j'ai vécu avec Francis, du bonheur au malheur en passant par les rats que j'ai tant détestés. Je lui explique ce que j'ai ressenti lors de cette grande désillusion et ce que je ressens à présent. Matteo se transforme en citation Instagram et me dit qu'il faut dézoomer et relativiser afin de pardonner aux rats. (Hein ?) Comment ose-t-il s'exprimer en Instagram sans « hashtaguer » ?! (Honteux.)
Comme il me voit perplexe, il m'explique : il ne faut garder en tête que le positif. Tout le reste est à chasser, car, non seulement ça prend la place réservée au positif, mais ça prend également beaucoup d'énergie. Donc, si j'ai bien compris, aller de l'avant en pardonnant aux rats serait pour mon bien personnel. (Est-ce qu'il est bourré ? Je savais pas qu'il était devenu alcoolo…)
Il m'explique ensuite la nuance entre pardonner et arrêter d'y penser, donc oublier. J'ai besoin d'un Doliprane de tête (du dolitête). Pour résumer son explication, je dirais que toute la nuance se trouve dans un seul mot, accepter. Sur le chemin du retour, je me demande ce qu'il arrive à mon entourage. Tous réfléchissent et deviennent subitement des poètes. D'abord ma petite sœur, maintenant Matteo, et demain, ce sera le tour de qui ? Ma grand-mère ? Où va le monde ? (Chez ma grand-mère apparemment…)
Couchée dans mon lit, je reçois un message de Matteo :

« Tu sais, les échecs sont permis. Ils sont même conseillés ! Ça permet de grandir et de s'amuser aussi. On s'ennuierait à mourir si on pouvait pas se tromper. »

Qu'est-ce que je disais ?!? Instagram a offert une formation « poète » ? C'est une nouvelle mode ? Je ne suis plus à la page ?
Ce qu'il dit est vrai, la race humaine serait éteinte depuis très longtemps si on n'avait pas le droit à l'échec.
Dans le fond, ça fait un moment que je le sais… Mais les mots de Matteo provoquent un déclic, j'imprègne vraiment que ce n'est pas grave de se tromper et que ça fait partie de la vie. (Comme les tampons hygiéniques…) Quel soulagement surprise !
Alors, je m'endors, heureuse, en pensant à Matteo et je me réveille à l'identique, heureuse, en pensant à Matteo. (À l'identique ? Pas sûre… Mes seins sont pas un peu plus gros ? Je dois avoir mes règles… Car ils me font mal… Il me faut un Doliprane pour seins : du doliseins.)
D'humeur poète (autant être dans le coup), je me dis que le soleil a soufflé sur mon ciel pour éloigner les nuages et qu'il n'y a plus que lui désormais. (Je sais que c'est le vent qui chasse les nuages, mais le surnom de Matteo n'est pas « vent », j'adapte donc ma poésie.) Lui, et il rayonne. (Mon poème s'appelle « Héliocentrisme ». Oui, j'ai du vocabulaire, je l'avais dit.)
Je saute hors de mon lit pour aller dire à ma mère que mon histoire avec Francis est ennuyante et sans intérêt. Elle me regarde avec de gros yeux, d'énormes yeux. Je ne savais même pas que c'était possible de les ouvrir si grands. Est-ce qu'ils vont exploser ? Elle a besoin d'un Doliprane pour les yeux (du doliyeux). Toujours dans les parages, ma petite sœur, quant à elle, ne bouge pas d'un cil. Je suis soulagée. Vraiment, je n'ai pas dit ça pour me donner un genre, ni pour rassurer ma mère (encore moins pour avoir un autre pyjama Mickey…). Je l'ai dit parce que je le pense, ma manière de voir les choses a totalement été chamboulée, je vois désormais les choses sous un autre angle. Quand je lui dis qu'il y a de très jolis appartements sur le marché, ma mère me serre fort dans ses bras. Ma petite sœur se contente de me faire un clin d'œil, mais ce petit geste en dit long sur sa pensée. Elle est fière. Fière d'elle (bien évidemment), mais aussi fière de moi. Heureusement pour moi,

elle n'avait que ça à faire ! (Et elle a que 19 ans…)
Aujourd'hui, on va au cinéma Matteo et moi.
(C'est moi, ou « Matteo et moi » ferait un magnifique titre de film romantique ? Beaucoup mieux que « Matteo et l'inhumaine Mélissa Frégé », qui fait beaucoup plus film d'épouvante…)
Une fois le film terminé, on boit un verre. Matteo me trouve différente et il me taquine à ce sujet. L'ancienne « moi » aurait pris ses mots au premier degré. La nouvelle « moi » le taquine aussi. Je procède ensuite à la mise à jour de mes pensées et réflexions, il faut quand même que Matteo inspecte les travaux finis. Lui aussi est fier de moi. Il commande deux coupes de champagne pour fêter ce pas en avant. En les attendant, il me montre des annonces d'appartements qui lui plaisent. Je suis étonnée, je ne pensais pas qu'il était prêt à déménager à nouveau… Surtout qu'il vient de s'installer seul, quelle surprise ! Ah oui, Matteo vient de déménager. Avec son ancien appartement, ils n'étaient plus sur la même longueur d'onde. L'appartement était trop carré, lui trop rond. Alors, il l'a tout simplement quitté pour un appartement à lui. (Logique.)
En l'écoutant m'expliquer pourquoi ces appartements lui plaisent, j'ai l'envie folle d'emménager avec Matteo. Quel agent immobilier formidable il ferait ! Alors, je lui saute au cou pour l'embrasser. Pas de chance, je bondis de ma chaise pile au moment où le serveur nous apporte nos coupes de champagne. Tout atterrit sur le sol, le bruit me fait sursauter et je me fais mal au cou. (J'ai du dolicou dans mon sac à main ou pas ?) Alors que je m'apprête à éponger le champagne sur nos vêtements avec une serviette en papier, Matteo m'attrape par le menton, soulève mon visage et m'embrasse. (Champagne !)

C'est une belle journée ensoleillée, je m'allonge sur l'herbe dans le jardin chez ma mère. Ça fait tellement de bien, le soleil me réchauffe et à moi le plein de vitamine D ! Qu'il est beau, pur et sain ce ciel bleu… Je me sens heureuse et surtout je me sens revivre. Une réflexion, qui tend vers un questionnement, me saute au visage : j'ai réellement envisagé de vivre sur le soleil ou j'étais bourrée ? Puis un questionnement, qui tend vers une réflexion, me saute au visage : c'est un mélange des deux (une sorte de cocktail), j'ai l'envie folle d'habiter avec le soleil et de picoler pour fêter ça ! (C'est moi l'alcoolo en fait…) La conclusion de mon réflexionnement (même contraction que les « Brangelina » mais avec « réflexion » et « questionnement » donc…) apparaît comme une évidence, je veux qu'on me traite comme si j'étais Beyoncé ! Et qui dit Beyoncé dit appartement tout neuf. (Pas certaine que Queen B vive en appartement, mais bon…)

Dans les petites annonces immobilières, je craque pour un appartement neuf, dans un immeuble qui vient tout juste d'être construit. Je le montre à Matteo et je croise fort les doigts. Je serre les fesses aussi (je sais pas quoi faire d'autre pour mettre toutes les chances de mon côté…).

Il sourit ! Il hoche la tête ! Il se lève ! Pourquoi il se lève ? Il s'en va ? J'ai mal compris ? Hocher la tête de haut en bas, ça veut bien dire « oui », non ?

Matteo est devant moi. Il me sourit. Il m'enlace. Il m'embrasse ! Il… Il… Il est parfait. (J'ai bien fait de serrer les fesses.)

Deux déménagements plus tard (le sien et le mien), on est « chez nous ». Je n'en crois pas mes yeux… Le parquet est impeccable, tout comme le carrelage d'ailleurs, les murs sont si blancs, les fenêtres si propres… Il est neuf de chez neuf.

On discute, on rit, on traîne, on chahute, on s'aime, bref on profite comme deux jeunes pucelles gambadantes dans un jardin au printemps. Matteo me considère, il me parle, me raconte ce qu'il se passe dans sa vie, me demande mon avis et la liste est longue. Cette liste qui récapitule les évidences dans une relation amoureuse saine. Cette liste qui me met dans les dents, et sans prendre de gants, à quel point ma précédente relation ne valait rien d'autre qu'un zéro.

Quelle joie de ne pas être fliquée. Et quel bonheur, quand je rentre à l'appartement, de voir mon petit ami heureux de me voir ! Il me sourit, me serre dans ses bras, m'embrasse et me demande comment s'est passée ma journée. J'ai le ciel qu'il m'a dessiné au-dessus de la tête, un ciel plus beau, plus pur et plus sain. (Quoique… C' est moi, ou ce nuage ressemble à la repoussante Mélissa Frégé ?) Matteo me fait croire en l'amour et il me donne l'envie d'aimer. (Coucou la comédie musicale !) Avec lui, je comprends que l'amour est une cerise sur un gâteau. (Coucou le premier des cinq fruits et légumes par jour !) Avec lui, je découvre aussi le plaisir de plaire à mon petit ami… Il me répète souvent qu'il me trouve jolie. Je prends conscience de mon potentiel de séduction… Et je prends plaisir à allumer mon petit ami. (Alluuumer le feu, coucou Johnny ! Va comprendre comment j'ai eu un « air enfant »…) Matteo me répare. (Coucou Bob le bricoleur ! Ah non… C'est Bob l'éponge. Comment s'appelle le bricoleur ? Ha… C'est Bob aussi. Tout le monde s'appelle Bob. Sauf Appolin…)

Je n'ai plus peur du moindre message reçu, du moindre appel qu'on me passe, je n'ai plus peur de croiser quelqu'un que je connais dans la rue, au contraire, j'invite mes amis (femmes et hommes) à venir boire un verre chez nous. Je suis fière de leur montrer notre appartement. (D'ailleurs, est-ce que c'est moi qui ai invité cette Béatrice, qui ne parlait que de la carotte et de ses bienfaits, l'autre soir ?… Coucou le deuxième des cinq fruits et légumes par jour !… Je me souviens pas connaître de défenderesse de ce légume…)

Aujourd'hui, en allant à la boulangerie, je suis prise d'un fou rire. Je me moque de moi-même et du ridicule des situations passées avec mon ancien appartement (pendant que les gens se moquent de moi, car je rigole toute seule, ce qui me fait encore plus rire !). Quel cauchemar éveillé… Et comment j'ai pu croire que je n'allais plus jamais être heureuse ? Comme si je l'avais été avec Francis… N'importe quoi. Jetez-moi des tomates cerises ! (Coucou le troisième des cinq fruits et légumes par jour !) Une fois les pâtisseries achetées, je vais chez le

fleuriste pour me faire un cadeau. Je mérite un joli bouquet de fleurs pour ce grand pas en avant. Je suis réellement heureuse dans ma vie et je suis sereine, une grande première! Dans la rue, mon joli bouquet de fleurs dans une main et les pâtisseries dans l'autre, j'ai l'impression de flotter. J'ai hâte d'arriver à l'appartement! Matteo va être surpris de cette spontanéité. De retour chez nous, j'ai raison : il adore mon bouquet de fleurs offert à moi-même. Il lance même l'idée de nous en offrir un tous les mois. (C'est un petit budget mais d'accord!)
Le temps passe. Le constat est flagrant : les bouquets de fleurs sont un bon investissement, ils égayent notre quotidien, notre appartement.

Cinq ans plus tard.
Comme tous les couples, on rencontre des hauts et des bas. Le ciel a beau être bleu la majorité du temps, quelques gros nuages viennent parfois voiler le soleil. Ces petits détails sans importance qui, à force de vie commune, nous insupportent, sont de plus en plus nombreux. Comment peut-on être aussi agacée par une assiette « mal placée » dans le lave-vaisselle ? Ou à cause d'un paquet de chips mal ouvert ?
Mais on veut que notre histoire dure, alors on fait notre possible pour ça. On repeint les meubles du salon, on change la literie de notre chambre et on fait installer un nouveau bac de douche.
Malheureusement, ce n'est pas suffisant. La faute à mon pouvoir d'achat ? (À coup sûr c'est la faute de l'exorbitante Mélissa Frégé!)
Nos différences trop prononcées ont finalement raison de notre couple. L'amour a beau être au rendez-vous, la routine ôte les filtres d'amour qu'on a devant les yeux, ceux qui nous permettent d'aller au-delà de ces différences. L'appartement a beau être neuf, confortable, ensoleillé, il manque quelque chose... Trop nouveau ? Trop aseptisé ? Trop sec ? C'est vrai qu'on manque de pluie... (Est-ce qu'on a déjà haussé le ton une seule fois d'ailleurs ? Je crois pas... C'est vraiment un ciel bleu en permanence... Comment on a pu ne jamais se disputer ?) Sans pluie, on ne peut pas pousser. (Est-ce qu'il faut que

je m'arrose malgré mon âge adulte ?)
Notre histoire est merveilleuse mais elle a une fin, on le sait.
Matteo affirme qu'il y a toujours une raison aux choses qui arrivent. Je soutiens que c'est Instagram qui dit ça. Peu importe qui dit vrai, le résultat est le même, on se sépare.
Matteo sera probablement l'homme que je regretterai toute ma vie (il y en a toujours un...). Avoir un appartement qui te rappelle quotidiennement que vivre est un bonheur n'est pas tous les jours sur le marché. C'est rare même. Super rare !

...
Bon... Après c'est vrai que je dis ça, mais je n'en sais absolument rien ! J'imagine... Car jusqu'à présent, j'ai très peu regardé le marché immobilier... Et puis il est sans cesse en mouvement, donc on ne peut pas faire de généralité... Sans oublier qu'on se lasse aussi... Mais quand même, ce genre d'appartement est rare !

...
OK, ça va, j'avoue : j'ai voulu me donner un style de femme qui sait de quoi elle parle en disant ça... Ça n'a pas fonctionné (et ça s'est vu...), pas besoin d'en faire tout un plat ! (Quand c'est l'hideuse Mélissa Frégé qui se donne un style, on lui dit rien !)

Moralité

Dans la salle de bain, les fleurs, les bougies, le bain moussant et la musique douce pour l'ambiance romantique, ça va bien cinq minutes. Je vais essayer la douche.

C'est lumineux mais ça ne te réchauffe pas... ça manque de rideaux, non ?
C'est beau, ça sent le plastique tueur de baleine
C'est tout lisse. Trop. Comme ton couple
Matteo en pratique

La tête dans les nuages de Rorschach

Les uns après les autres, visualise les nuages de Rorschach et décris ce que tu vois. Interprétation libre.

Thomas en théorie

Thomas

L'espace

J'ai besoin de récapituler, de faire un point.
Matteo a été ma bouée de sauvetage quand je me noyais. (Un vrai « Alerte pas à Malibu »...) Il m'a redonné goût à l'amour, il m'a donné l'envie d'aimer, il m'a fait voir le monde autrement, il m'a transformée et, surtout, il m'a offert un superbe sweat à capuche. Le sweat à capuche est quand même la décapotable du prêt-à-porter. Ne jamais accepter de sweat en jersey... Tentant, mais il faut résister. (À moins d'être la biscornue Mélissa Frégé !) Ma vie était si merveilleuse. (« La Mélodie du bonheur » mais en milieu pollué...) Et pourtant, tout s'est cassé la figure.
J'ai besoin de me projeter, de faire un plan, de contrôler. Je n'ai plus envie de prendre des risques, plus envie de me mouiller. (Qui veut se mouiller d'ailleurs ? Les poules ?... Poule mouillée justement !)
Je suis triste, Matteo me manque, mais je vais bien. Une séparation intelligente, sans colère ni rancœur, après avoir essayé du mieux qu'on pouvait. Tout ça est finalement positif. Mon ciel reste ensoleillé. OK, j'ai bien fait de faire un point, ça fait du bien.
Comme il ne veut pas que je retourne vivre chez ma mère, Matteo quitte l'appartement avec ses affaires, sans colère ni rancœur. Il désire que je fasse de notre « chez-nous » un « chez-moi ». (Soleil sympa, mignon et sincère !)
Je retrousse mes manches et je change tout de place. La chambre ne passe pas dans la cuisine, alors je la mets dans le salon, et comme le salon ne passe pas dans la salle de bain, je le mets dans la chambre. (À l'exception d'un léger morceau du salon qui passe dans la salle de bain. Victoire !)
Hum... L'appartement est bizarrement configuré ainsi. Aussi bizarre que cette mode assez... « particulière » de maquillage, le contouring. (Je suis prête à parier que l'abracadabrante Mélissa Frégé ne sort plus sans son contouring... Comme si on les voyait pas les effets d'optique...) Et puis, comme on se fait à tout (oui, je me suis faite aux tampons hygiéniques...), je me sens bien dans mon nouveau chez-moi !

Alors, les petites annonces immobilières ne m'intéressent pas. Toutefois, ça ne m'empêche pas de jeter de temps en temps un œil sur ce qu'il y a sur le marché. Je ne suis pas une machine… (Ni un hééééros, un hééééroooos ho ho ho !) Je vis selon mes envies et mes humeurs. C'est pour cette raison que ce soir, je fais un apéro pique-nique dans mon bac de douche. Je pose d'abord une couverture au sol, puis je ramène ce que je désire manger. Pour être confortablement installée à 100 %, je lance ce film que j'adore, et dont je ne me lasse pas, « As, Roi, Dame ».

Soudain, alors que le héros du film (ce cher Bernard Laforêt, un soixantenaire sympathique au demeurant) est en pleine construction d'un château de cartes avec son petit-fils Appolin (aah… c'est de là que ça vient !), l'illumination. Mais oui, le voilà le logement rêvé : un château de cartes ! Difficile à chauffer mais ça reste un château. Un château parce que je le mérite (à l'inverse de la rocambolesque Mélissa Frégé…), et de cartes (pas Descartes) parce qu'elles sont légères, se posent facilement et ne se prennent pas la tête. Tout à fait moi ! (En moins mince…) Il suffit de trouver comment bien les placer pour que le château ne s'écroule pas. En voilà une soirée réussie, je m'y installe tout de suite et me voilà princesse ! Alors, je décide de tout tourner à mon avantage. Peu importe la situation, il faut que tout aille dans mon sens, peu m'importe le prix à payer. Je suis au comble du bonheur. (Appelez-moi pour jouer dans « La Mélodie du comble du bonheur » !) Je suis tellement au top du top que je suis à deux doigts de me faire tatouer la reine de cœur entre les seins ! Et vu la place disponible entre eux, je peux me faire tatouer toute sa famille pour qu'elle se sente moins seule… On ne vit qu'une fois après tout. Oui, on ne vit qu'une fois : f*ck la facture de chauffage de mon château ! La vie est belle. Aucun problème en vue. Je suis légère comme une plume et je ne me soucie de rien. Et si une ombre au tableau surgit hors de la nuit ? Pas de problème, je trouverai un moyen de tirer la couverture à moi (et, au pire, j'appellerai Zorro).

En voilà un apéro réussi ! Il faut que je fête la construction de mon château de cartes ! Je suis si excitée, je ne peux pas rester chez moi à ne rien faire. Je décide alors d'aller au théâtre. Là-bas, je suis certaine de trouver mes amis. Oui, car je danse dans une pièce de théâtre et, même si ce soir est mon jour de repos, je sais qui sera sur scène. Arrivée au théâtre, j'entre par l'entrée des artistes et je tombe nez à nez avec des gens que je ne connais pas. (Je me suis trompée d'endroit ?) Comme ces inconnus me saluent, je fais la même chose et j'en profite pour me présenter, ça les poussera à faire pareil. (Maline !) J'apprends qu'ils sont chanteurs et qu'ils assurent la première partie du spectacle ce soir. Alors que je m'apprête à filer voir mes amis dans les loges, l'un d'eux s'approche de moi et plonge ses yeux dans les miens en me disant doucement : « Je m'appelle Thomas. » Je suis à deux doigts de fondre... (Mais quand même, je viens de terminer la construction de mon château de cartes. Je suis encore épuisée des travaux... C'est pour dire comme c'est pas le moment !)

Au lieu d'aller en loges, je vais dans le public pour assister à la première partie. Thomas chante divinement bien. Il danse divinement bien aussi. (Je suis sûre qu'il fait l'amour divinement bien !)

De retour en coulisses, je ne sais pas quoi dire à Thomas. Alors, comme le contexte pose des bases originales (au théâtre, on joue), je décide de jouer. Je le taquine, j'invente des personnages, je lui cours après. Il entre dans mon jeu. Le temps s'arrête. Et puis il doit partir... Dommage et, en même temps, tant mieux, je n'ai même pas encore passé une journée dans mon château de cartes. Et vu que Thomas me donne son numéro (écrit au feutre sur une banane), je ne crois pas que ce sera pour demain...

Deux jours plus tard, on se promène dans la rue.

Je nous sens complices de manière simple et légère, j'ai l'impression d'être dans une bulle de bonheur.

Thomas me trouve cool, intéressante et pétillante. (Mon deuxième prénom est Badoit.) Je le trouve cool, intéressant et pétillant. (On doit

avoir le même deuxième prénom... Et hop, un point commun!) Pendant qu'on se promène, il me raconte n'être tombé que sur des femmes chiantes et prises de tête, du moindre petit détail à la plus grande décision. Toutes avaient en tête une idée bien précise, et surtout définitive, de la vie à deux: il lui fallait rentrer dans leur moule, ou partir.
Alors, Thomas est étonné de ma personne et il me le fait savoir. (Il me juge parce que j'ai pas de moule, ou je rêve ?)
J'aurais pu lui expliquer que je ne sors pas d'un conte de fées. J'aurais pu lui avouer que si je suis cool et détendue, c'est parce que je suis princesse. J'aurais pu entrer dans les détails intimes de ma vie:

- Je me lève le matin avec une chevelure parfaite.
- Je sens naturellement le muffin framboise.
- Je peux courir sous 45 degrés sans transpirer.
- Je peux finir des mots fléchés en une demi-heure.

J'aurais pu lui résumer mon état d'esprit: une folle envie de profiter de la vie, d'être heureuse et de rattraper le temps perdu (qu'il m'appelle Indiana Jones!). Mais je ne dis rien, je préfère profiter de l'instant. Il est beau comme lui, cet instant. Et je n'aime pas couper les gens lorsqu'ils me font des compliments...
De rendez-vous en rendez-vous, on se rapproche. De la bise, on passe à la bise avec une légère étreinte, puis à une étreinte sincère, on supprime ensuite la bise pour plonger directement dans les bras l'un de l'autre, pour enfin arriver à un bisou dans le cou. Et puis, alors que je m'y attendais sans m'y attendre, Thomas m'embrasse. (Il était temps!)

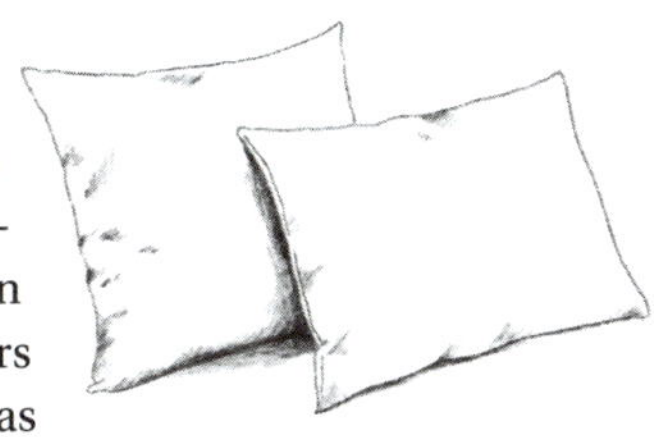

Thomas a son propre appartement.
Et il m'y invite.
Grand, lumineux, coloré, chaleureux... on se sent bien, tout comme on se sent bien avec Thomas. Toutefois, je trouve son appartement

trop grand… Quatre pièces ! (Qui fait le ménage ?) Quand je lui demande pourquoi il a pris si grand pour lui tout seul, il me répond que c'est au cas où l'envie de vivre avec quelqu'un le prendrait ou au cas où l'envie de faire un bébé avec quelqu'un le piquerait. (Et au cas où l'envie de faire une grosse fête le prendrait, non ?)
« Au cas où ». Je suis dans une incompréhension totale des personnes qui vivent avec des « au cas où » :

« Centre des impôts, bonjour ?
— Bonjour, je vais pas payer mes impôts cette année… Au cas où j'aurais une crise de chardonnay aiguë et que l'envie de m'acheter 800 cubis me prenne. Merci, cordialement et imposablement vôtre. »
Logistiquement, Thomas marque un point avec son raisonnement.
Mais quand tu es bien dans ton appartement et que tu surveilles simplement l'immobilier de loin, sans vraiment surveiller d'ailleurs, ce genre de situation fait peur. (Aussi peur que la sordide Mélissa Frégé ! Quand on regarde sa page Instagram, on constate qu'Halloween, chez elle, c'est toute l'année…)
Oui, je suis bien chez lui, mais je suis bien chez moi aussi. Toutefois, il arrive que mon appartement me rappelle Matteo, alors je reste chez Thomas. Et puis ses quatre pièces m'angoissent, alors je retourne chez moi. C'est beaucoup d'allers-retours mais je n'ai pas envie de me poser de questions.
Pour la première fois de ma vie, je n'attends rien, absolument rien, je ne sais pas où je vais et mes envies dépendent seulement et uniquement du moment présent. Régulièrement, je suis tiraillée entre l'envie de rester enfermée chez Thomas pendant des jours et des jours et l'envie de vivre, de profiter, de faire n'importe quoi. Popotin entre deux chaises, c'est mon côté Nature et Découvertes. (Je parle pas de la boutique, mais des noms de chacun de mes fessiers. Toutes les parties de mon corps ont un nom. Il faut pas s'étonner que je sois une princesse…)

Après la visite, on effleure le sujet immobilier en se posant les questions banales de début de relation : maison ou studio ? Loft ou tente ? Château ou camping-car ? Penthouse ou cabane dans un arbre ?
Le champ des possibles est ouvert mais le regarder me confirme que je n'ai aucune idée de ce que je veux. (Si, une tartine de pain-beurre, mais c'est pas le sujet...) Comme ce jour où je suis allée chez le coiffeur sans savoir ce que je voulais faire avec mes longs cheveux bruns frisés. J'en suis sortie avec les cheveux rouges au carré, lissés, et une frange ! Je ne comprends toujours pas ce qu'il s'est passé... Personne ne mérite ça. (À l'exception de la loufoque Mélissa Frégé.)
Il s'avère que dans mon cas, mon coiffeur ne peut rien faire pour moi. À part, peut-être, couper mes pointes sèches...
Je suis bloquée.
Bloquée parce que malgré la beauté de mon histoire avec Matteo, il y a eu une lente extinction de nos sentiments. L'histoire va-t-elle se répéter ? Peureuse (voir paniquée), fragile (voir encore en morceaux), je trouve plus simple et moins risqué de batifoler. Je ne suis pas prête à m'engager dans quoi que ce soit. Même couper mes pointes sèches demande trop d'engagement, et pourtant elles en ont vraiment besoin... (On fait un shampoing ?) Et puis c'est plaisant de vivre et de profiter de l'instant présent sans s'angoisser du futur. C'est simple. Exemple : Thomas me parle, je dis « OK », il me reparle et je redis « OK ». Simple comme tout, j'okétise absolument tout ! Ça me permet de ne pas prendre de risques et donc de ne pas me mouiller. (J'insiste, je veux pas être une poule mouillée.)

Déjà un an plus tard.
Le temps passe à une vitesse incroyable tellement nos moments sont géniaux. Le dernier en date ? L'invention du « chignon-poignée ». On peut tous ensemble se lever et l'applaudir...

Clap clap clap !

Complices, on est bien entre nos deux appartements. De moi-même, je l'aide à passer l'aspirateur chez lui de temps en temps, il m'aide à nettoyer les vitres chez moi. J'achète de la farine quand il n'en a plus, il répare ma télévision quand elle dysfonctionne. (Il suffit en réalité de changer les piles de la télécommande... À quand une télécommande sans pile ? Les piles c'est *so* 1998... Je suis d'ailleurs persuadée que la grotesque Mélissa Frégé a une page Instagram dédiée aux piles... « Piles Mon Amour » ou quelque chose d'aussi naïf, la connaissant...) Notre relation fonctionne sans qu'on y pense. À vivre dans deux logements différents, on ne sait pas réellement ce qu'on est l'un pour l'autre, ce qu'on forme, on n'en a d'ailleurs jamais parlé... Après, comme je me suis présentée à lui sans moule, au moins je suis raccord avec moi-même. La seule chose qu'on sait, c'est notre envie d'être ensemble. C'est le principal. Ça, et le fait que, sexuellement parlant, on est au top du top (les Brangelina de la literie, la couronne d'Angleterre des mémoires de formes, les Tintin et Milou du chignon !). Ce n'est pas tous les jours qu'on peut se sentir si libre avec quelqu'un. Alors, que demander de plus ? On est sur un oreiller en plumes de haute qualité (ou sur un nuage...).

De moments géniaux en moments géniaux, on rencontre le problème des moments géniaux, Thomas voit mes pointes sèches. La ca-ta ! Je fonce aussitôt chez le coiffeur et le problème se règle rapidement. (Sauvée !) Alors que je pense les problèmes derrière nous, le vrai problème se pointe sans crier gare, les moments géniaux ne durent qu'un temps en réalité... Thomas me confie qu'il s'est fait une réflexion : ça fait un an qu'on vit une histoire superbe et rien n'a évolué, on en est toujours au même point, car le sujet de l'avenir n'a jamais été abordé. On nage en pleine théorie de non-évolution (c'est de moi ça, pas de lui) ! Alors, il s'est persuadé qu'il faut qu'il se détache de moi parce que je ne veux rien construire avec lui. Il m'avoue qu'il vit mal notre relation. Et je ne me doute de rien.

•

Le choc ! On partage le même monde et pourtant, dans nos têtes respectives, deux mondes totalement différents se sont créés. (Dire que j'aurais pu créer Avatar avant James Cameron…) Il ne sait pas où se placer, je n'ai jamais pensé qu'il voulait se placer. Il a l'impression d'être de passage, j'ai l'impression que ça va durer une vie. Il a besoin de parler de nous et d'être rassuré, je n'ai pas besoin de parler, je vis la relation.
J'ai toujours profité de son appartement sans me demander si un jour j'habiterais dedans. C'est si grand et si joli, je m'y suis faite sans m'en rendre compte. Après tout, je fais des gâteaux dans son four et je mets mes petites culottes dans sa machine à laver… Si ça c'est pas s'installer ! Pour moi, c'est évident que Thomas sait à quel point j'aime l'espace de son appartement. Mais c'est vrai que je ne l'ai pas verbalisé. Et comme il ne m'a pas posé la question… Je ne peux pas deviner, je n'ai pas fait de stage chez une voyante !

Du fait de son métier, Thomas est souvent en tournée. Alors, je le rejoins quand je peux (et quand c'est pas trop loin surtout). Aujourd'hui, j'étais à peine arrivée dans sa chambre d'hôtel, à peine blottie dans ses bras, il me poignarde le cœur (c'est une image), il me roule dessus avec un bulldozer (toujours une image) : il m'annonce qu'il a rencontré quelqu'un. (Hein ?)
Quoi ? Bug. Gros bug. Énorme bug. Maxi bug. Méga bug.
Sur le coup, je réponds que je voulais devenir bibliothécaire.
Quoi ? Bug. Gros bug. Énorme bug. Maxi bug. Méga bug… De sa part cette fois. Je voulais le surprendre pour qu'il voie ce que ça fait. (J'ai une tête de bibliothécaire ?)
Je ne comprends rien, mais vraiment rien du tout.
J'ai imaginé nos retrouvailles avec une évolution du « chignon-poignée », voire même une autre invention, pas du tout avec un retournement de situation. (Enfin si, mais pas un retournement négatif des choses. Par exemple, un retournement physique. À la limite un re-

tournement de matelas... Pourquoi pas... Mais bof...) Alors, on ne vit pas la même chose ? Réellement ?
Une incompréhension totale. Un trou noir. Mais il a pris sa décision... Triste, je me blottis dans ses bras. Et puis je relève mon visage et j'approche mes lèvres des siennes. Après un moment d'hésitation, on s'embrasse. Et peu de temps après, qui est de retour ? Mon chignon-poignée, évidemment. On sait tous les deux que cette nuit, qui va déborder d'émotions et de sentiments différents, est notre dernière nuit ensemble.
Le lendemain, je rentre chez moi et je me regarde dans le miroir. Je suis à l'image de ma nuit : pleine de sentiments différents. Mes yeux bouffis par les larmes ne vont pas du tout avec le sourire que j'ai. (Quelle chance on a, nous les femmes, de pouvoir avoir des orgasmes multiples !)
Mon maquillage dégoulinant va bien avec mes cheveux décoiffés (ils sont décoiffés positivement, à savoir à cause des – ou grâce aux – orgasmes multiples...).

Je me sentais surpuissante avec Thomas, vivre au jour le jour me procurait cette sensation. C'était si agréable et nouveau que ne je voulais pas en parler, j'avais peur de tout casser en verbalisant, peur que tout disparaisse... Mais c'est bien la communication, pièce manquante du puzzle, qui a perturbé l'équilibre de mon château de cartes : on n'était pas sur la même longueur d'onde.
Je constate que mon château est fragile, les fondations ne sont pas solides. Logique, vu que les fondations sont « tout doit aller dans mon sens »... Je ne prends pas l'autre en considération... Il a quand même tenu debout sans vaciller plus d'un an. Je pense toutefois être mauvaise bricoleuse... (Ne m'appelez pas Bob...) Je pensais n'avoir rien à perdre, c'est quand Thomas est parti que j'ai réalisé avoir tort. (Moi qui suis habituée à toujours avoir raison, ça fait bizarre !) OK, je le perds lui et son appartement, mais pas que. Thomas assume ses envies. Il préfère construire plutôt que batifoler, il préfère anticiper sur ce qui lui tient à cœur plutôt que de se laisser vivre. Au fond de moi,

je sais que sa cuisine tout équipée, ses quatre pièces et sa femme de ménage sont un luxe, un appartement sur lequel on ne tombe pas à tous les coins de rue... Mauvais moment ? (Aucune idée, vu que je suis une poule mouillée...) Bien sûr, j'aurais dû lui avouer que la vie avec lui était géniale.
Bien sûr, j'aurais dû lui dire et redire à quel point lui était génial.
Bien sûr, lui dévoiler mon intention de devenir bibliothécaire a dû l'effrayer.
Bien sûr, j'aurais dû ajouter que malgré la décision théorique de ne plus tenter quoi que ce soit, la pratique était à l'opposé : on passait notre vie ensemble.
Bien sûr, j'aurais dû lui crier que c'était si waouh d'être avec lui ! (Est-ce que le mot « waouh » figure dans le dictionnaire ?) Bien sûr...

Je ne mets pas uniquement la faute sur le compte de mon château de cartes. J'ai aussi manqué de communication. Mais ça, c'est la faute des réseaux sociaux ! À force de me conditionner à liker ou à parler sur un écran, je n'ouvre jamais la bouche, à part pour chanter. Et manger de temps en temps... J'ai complètement oublié qu'il fallait faire ça ! Et puis mon château de cartes était si beau dans ma tête que je vivais un vrai conte de fées ! Un conte instagrammable !
J'ai beau avoir été retweetée douze fois pour ma blague sur les bienfaits du Doliprane au petit déjeuner (#DoliDejMatin), j'ai oublié la base, la vraie base : les réseaux sociaux, c'est de la communication. (Idiote...)

Moralité

Surtout bien vérifier tous les raccordements afin d'éviter de tomber sur le tout-au-dégoût.

Ton stock de champagne d'urgence
C'est quoi ce plan de vie sur un post-it ?
La palme de la pire communication
Elle est très grande, oui. Mais tu n'es pas heureuse
Il y a de la place, mais pas pour toi
Thomas en pratique

Le labyrinthe de [écris ton prénom] au pays des merveilles

Rejoins Thomas célibataire sans tomber sur les Thomas en couple.

Valentin en théorie

Valentin

La décoration

Je me prends une semaine de tristesse. (Il y a une promo sur GoTristesse.fr.) C'est comme prendre une semaine de congés, sauf qu'au lieu de partir en vacances, je reste chez moi et je pleure. Fin des congés payés, début des congés pleurés. Ma petite sœur passe me voir de temps en temps, avec cet air qu'ont les gens qui passent nous voir quand on semble être au fond du gouffre... Un air... Mais un air... !

Elle se prend pour Bree Van de Kamp dans la série « Desperate Housewives », mais sans vin blanc... (On peut compter sur personne.) Je ne sais pas quelle folie l'a prise, elle m'a préparé de la nourriture et m'a fait des tonnes de provisions. Mon frigo déborde de plats cuisinés, mes placards de gâteaux en tout genre et mon plan de travail de boissons et autres liquides. (Qui boit des soupes en brique ?) J'imagine qu'elle s'imagine qu'à cause de ma rupture, je me laisse mourir de faim... Elle se met à faire le ménage, elle passe l'aspirateur, nettoie les vitres, fait la poussière, change mon rideau de douche, que dis-je... mon voilage de douche et récure les toilettes. Quand je lui demande de nettoyer le siphon de mon évier, elle me regarde avec un air... Mais un air... !

J'aurais préféré qu'elle se la joue Gabrielle Solis (toujours de la série « Desperate Housewives ») et qu'elle m'amène un jeune et beau jardinier pour me remonter le moral. Je n'ai pas de jardin, mais comme il ne serait pas là pour jardiner... Mais comme elle n'a pas les bases... Et que les bases, c'est la base. (CQFD, le retour.) Pour me remonter le moral, ma petite sœur me répète en boucle que mes ruptures sont de bonnes choses parce que j'apprends de mes erreurs. (Elle se prend pour Gandhi ?) Elle est certaine que mon prochain petit copain sera encore mieux pour moi, et ainsi de suite jusqu'au bon. Quelqu'un peut lui dire que je ne vais pas passer ma vie à essayer tous les hommes ? (Elle est devenue mère maquerelle ? Elle veut que je finisse « essayeuse » ?)

Ma semaine de tristesse touche à sa fin. Grosse ambiance... Je suis Adèle version française (ne cherchez pas mon album à la Fnac...). Je reprends ma vie, ça se fête ! Sabrer le champagne ! (Il y en a pas...) Vin blanc ! (Non plus...) Mignonnette de Suze ! (Toujours pas...) Bon... Quel liquide il y a dans mon frigo ? Ma petite sœur a dû penser au jour où je sortirais de ma semaine de tristesse, il doit y avoir une tonne de liquide ! Quoi ?! Du Yop ? Un yaourt à boire ! Mais elle pense que j'ai quel âge ? (Déception.) Bon... Avec mon Yop à la main, ma vie reprend son chemin. Elle se résume à voir mes amis et à travailler un peu, de temps en temps (mais pas trop). L'une de mes amies organise une soirée caritative, il s'agit d'un plateau d'artistes. Je lui demande s'il n'est pas plus judicieux de proposer un plateau de fromage. Elle me répond avec un air... Mais un air... ! Je sors d'une semaine de tristesse intense, j'ai oublié les termes mondains.

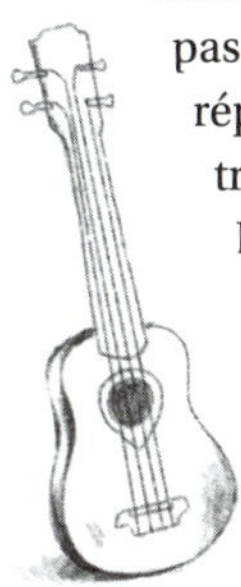

Me voilà arrivée à la soirée. On me présente à Valentin qui est là pour jouer de la musique, moi je suis là en roquefort. Pardon, en renfort, pour l'organisation. (J'ai un problème fromager... Encore une fois à cause de ma petite sœur... Vu les courses qu'elle m'a faites, elle va me faire subir ma première overdose de lactose !)

Pour une fois, le dîner est servi avant le spectacle. Je m'assois n'importe où et voilà que je me retrouve en face de Valentin. Ça me va : il est le plus beau de la table et moi la plus lactée. Soirée réussie ! Je passe d'Adèle à Katy Perry (toujours pas à la Fnac...) ! Sa sœur s'assoit à côté de moi. Ça fait beaucoup de gens que je ne connais pas autour de moi pour ma reprise de vie mais ce n'est pas grave. Grâce à elle (elle me chuchote discrètement des informations sur lui à l'oreille), je raconte des bêtises à Valentin tout le repas. Pourquoi cette idée de raconter n'importe quoi ? Tout simplement parce que je n'ai rien à raconter d'autre ! Je sors de ma semaine de tristesse et je risque une suralimentation de jus de vache... Je fais croire à Valentin qu'on est originaires de la même ville mais qu'on ne s'y est jamais croisés. Je lui raconte que son professeur principal au collège a été le mien quelques années plus tard, que j'ai pris des cours de solfège

dans l'école de musique de son père et que, comme on avait la même table préférée dans le petit café en face du lycée, c'est certainement ses chewing-gums que je devais trifouiller. Comme je lui fournis un maximum de détails, il me croit et il hallucine de cette rencontre. Et puis sa sœur part dans un fou rire qui est contagieux. Là, Valentin comprend que tout est faux. On en rit, lui comme une baleine, moi comme une biche. Il se moque de lui-même à être tombé si facilement dans le panneau. Personne ne lui a jamais fait croire une histoire pareille. On ne se connaît pas mais, heureusement, Valentin voit clair dans mon jeu, il comprend que c'était pour rire, et que je ne me moquais pas réellement de lui. Il me sourit. OK, il a capté que je l'apprécie. Comme si lui ne m'appréciait pas... À d'autres !
Pendant toute la soirée, on se croise, recroise, à nouveau croise et croise encore. (Avouons-le, on le fait exprès.) Alors que je vais pratiquer le décroisement (pas qu'il pense que j'ai que ça à faire de la soirée), Valentin me propose de boire un verre. On se dirige vers le bar et il commande deux pina coladas au barman. Je refuse illico, car ce cocktail contient du lait. (Il ne peut pas deviner mon problème laitier...) Alors, il commande deux mojitos. Puis on danse, on rigole et il est l'heure de rentrer chacun chez soi. Enfin, c'est moi qui ai envie de rentrer chez moi, donc je vais au vestiaire chercher ma veste. Alors que j'attends mon tour, Valentin arrive et me crie dans les oreilles qu'il me cherche partout depuis tout à l'heure. Sans transition, il me demande mon numéro de téléphone. Je lui donne mon ticket de vestiaire à la place. Il me sourit puis double tout le monde pour récupérer ma veste. Les gens le regardent d'un air... Mais d'un air... ! En l'attendant, je réalise que c'est vrai : c'est toujours quand on ne s'y attend pas qu'on a un crush... Si je suis venue, c'est parce que je voulais aider mon amie. Bon, OK, c'est vrai, je voulais aussi avoir une vie virtuelle sympa après ma semaine de tristesse... (Et j'ai eu mieux que ça : un mojito.) Valentin est devant moi, ma veste à la main (il est tellement fier, c'est aussi mignon chou crac love que ridicule...). Au lieu de me la tendre, c'est

son téléphone qu'il me tend. Pour faire la fille inaccessible, je lui tends le mien. Il ne dit rien mais sa tête en dit long… Il pianote, me le rend, puis il tient ma veste pour que je l'enfile. Je pars en lâchant « à bientôt peut-être ». (Je mérite un césar !)
Le lendemain, comme je me fiche royalement des « règles » du grand jeu de l'amour, je lui envoie un message. Il me répond aussitôt. Et ainsi s'achève la fameuse légende des trois jours d'attente avant d'envoyer le premier message. J'en profite pour déplacer cette légende sur mon banquier : dès qu'il me relance, j'attends trois jours avant de lui répondre.
Il me propose de boire un thé chez lui. Je ne suis pas fan d'eau chaude mais OK. Arrivée devant sa porte, je réalise la situation : un thé ! Un homme avec qui j'ai flirté toute une soirée m'invite à boire un thé, quelle idiote je fais ! Bien sûr qu'il a des pensées derrière la tête. Je comprends tardivement qu'il me feinte pour m'attirer chez lui ! Alors que j'y serais allée même s'il m'avait proposé du Destop.
Assise dans son salon, je le regarde me servir une tasse de thé et je comprends qu'il s'agit d'une réelle invitation à discuter. (Je suis pas idiote finalement, c'est déjà ça.) Je lui pose de nombreuses questions sur la décoration de son appartement. Il me raconte qu'elle vient des quatre coins du monde, des souvenirs de ses voyages. Il y a beaucoup de décorations colorées, des objets en bois, c'est à la fois riche et simple. Comme… Comme… Comme au rayon « produits du monde » chez Auchan (version nourriture).
On boit un thé, deux thés, puis un troisième.
Je m'absente pour aller aux toilettes une fois, deux fois, trois fois. Le thé fait uriner, il faut le savoir. (La prochaine fois que je croise l'insensée Mélissa Frégé, je saurai comment me venger : je lui ferai boire du thé !)
À mon retour, deux bouteilles de vin rouge sont posées sur la table du salon. Valentin me demande de choisir celui que je préfère. Comme je ne bois pas de vin rouge, je fais la connaisseuse et je m'extasie devant l'une des deux bouteilles. Au mieux : je passe pour celle qui s'y connaît. Au pire : pour une folle qui n'a jamais vu de bouteille de vin rouge.

(Ça se tente...) Et puis arrive l'heure de se forcer à boire… Vraiment, je n'ai jamais trouvé bon le vin rouge…
Oh ! Quelle surprise ! Le vin rouge a un goût délicieux. Moi qui ne jure que par le vin blanc… (Il n'y a rien de plus classe que de commander un chardonnay. Il est obligatoire d'aimer le vin blanc pour briller en société.) Puis Valentin attrape un ukulélé qui est accroché au mur et il se met à en jouer. Il invente une chanson qui parle de moi. Comme dans un film romantique ! (À petit budget...) Une fois la bouteille terminée, il me propose de rester dormir chez lui. Mais bien sûr… Comme si je ne connaissais pas la technique. C'est quand je vois l'heure qu'il est que je comprends sa question : 4 heures du matin. J'accepte en imposant un dress code : être habillé. Il accepte et me montre la chambre. Aucune décoration atypique dans celle-ci. La seule chose qui sort de l'ordinaire : le lit n'a pas de sommier, il s'agit simplement d'un matelas au sol. Entre voyager ou acheter un sommier, le choix a été vite fait. Une fois que nous sommes couchés, je procède à une mise à jour du dress code : être déshabillé. Je ne vois pas pourquoi je me gênerais finalement…

Le lendemain, on passe la journée ensemble.
Le jour d'après, pareil.
Et ainsi de suite.
On fait de nombreuses choses : on va au restaurant, on va au cinéma, on va au restaurant, on va au théâtre, on va au restaurant, on va se promener, on va au restaurant… (On « va » quoi.) Aujourd'hui, alors qu'on va quelque part, il lance l'idée de ne pas s'attacher l'un à l'autre. Je ne savais pas que 50 Nuances de Grey lui avait fait autant d'effet… Ah non, ne pas s'attacher, ne pas développer de sentiments l'un pour l'autre.
Je sors à peine de ma semaine de tristesse, je n'ai pas envie de calculer quoi que ce soit. Et puis je ne sais pas du tout comment on peut contrôler nos sentiments... Donc que je réponde « d'accord » ou « pas d'accord »… Autant profiter. « D'accord » du coup !
Alors on a un pacte : faire le maximum d'efforts pour passer du bon

temps ensemble sans développer de sentiments. Après, mon truc à moi, ce n'est pas les pactes... Encore moins quand ils me dépassent... (La désopilante Mélissa Frégé serait dépassée elle aussi...) Valentin me demande régulièrement si j'ai des sentiments pour lui. Je lui réponds que non, il est content. (Il est bizarre, oui.) Évidemment, c'est tout l'inverse qui se produit : on s'attache l'un à l'autre. Apparemment, les pactes, ce n'est pas son truc non plus... Avoir des sentiments pour moi ne lui fait vraiment pas plaisir... Je lui demande des explications. (C'est quand même pas la mer à boire enfin !) Valentin m'explique qu'il vit très bien tout seul. Fonder une famille, avoir des projets ensemble, ça ne l'intéresse pas. La seule chose qui peut éventuellement l'intéresser est de passer des vacances ensemble, pour ça il est partant. (Ben voyons...) Dans ma vie, à ce moment précis, c'est exactement ce qu'il me faut : des vraies vacances ! Mais en fait, pas du tout... Il ne me propose pas de partir en vacances avec lui, il m'informe seulement qu'il n'est pas « contre »... Il n'a pas l'air « pour » non plus... Remarque, c'est comme avec l'indécrassable Mélissa Frégé, c'est pas que je la giflerais – je suis non violente – mais je l'informerais que je ne suis pas contre.
Je téléphone à ma petite sœur, je tombe sur sa « Bree Van de Kamp » (fatigant). Je lui demande de me passer ma petite sœur habituelle. Une fois en ligne avec elle, je lui demande son avis sur cette situation. Elle me répond « prout » (ce bruit de bouche qu'on fait quand on ne sait pas quoi répondre). Mes problèmes ne l'intéressent pas, la seule chose qui la préoccupe est mon état de santé : elle a peur que je me laisse mourir de faim. Est-ce qu'elle pense que je suis encore en semaine de tristesse ? Zut, j'ai oublié de la prévenir... (Note pour moi-même : penser à faire ma newsletter hebdomadaire.) Alors, elle me propose de manger une raclette avec elle. C'est quoi son problème avec les substances laitières ? Et puis ce n'est pas la saison des raclettes !
Bon. Réflexion faite, au moins Valentin ne me dira pas un beau jour qu'il a rencontré quelqu'un d'autre... Il connaît et assume ses qualités et ses défauts à 100 %. Je l'admire pour ça et c'est agréable de fréquenter

quelqu'un qui ne fait pas semblant. J'ai la forte envie de m'assumer moi aussi. Je demande à nouveau conseil à ma petite sœur, en espérant éviter un « prout », il ne faut pas que cette réponse devienne une habitude. J'ai à peine fini de lui confier mon envie qu'elle pleure de joie. N'importe quoi... Elle se croit à la cérémonie des Oscars ? Il faut que j'efface son numéro...
Selon elle, l'honnêteté est le premier pas vers le changement, vers une relation mature. Je dois être la seule personne au monde à avoir une petite sœur qui parle en métaphore ou en citation. En réalité, ce n'est pas une sœur que j'ai, mais une professeure de philosophie ! Il fallait que ça tombe sur moi... Pour la première fois de ma vie, je suis avec un homme qui ne ment pas et qui parle sincèrement. Précision de la plus haute importance : ça a ses avantages et ses inconvénients. C'est aussi la première fois de ma vie que j'ai envie de parler ! Précision de la plus haute importance numéro 2 : je veux parler de choses intimes, de sentiments, de ressenti, pas de la météo, ni de ce que Beyoncé a mangé à midi et encore moins des bienfaits thérapeutiques des cristaux... (Qui ça intéresse, ça, à part l'injurieuse Mélissa Frégé ?).

On dîne au restaurant.
Une fois le vin rouge servi, j'avoue à Valentin n'avoir jamais eu de discussions sérieuses avec mes ex-petits amis et, sans attendre, il me répond qu'il s'en doutait. Valentin ou le 007 des dîners. Je me lance dans une explication qu'il n'a pas demandée : mon premier petit ami a détruit ma vision du couple et la désillusion a fait mal. Depuis, je me découvre, moi et mes envies. J'avance en profitant, sans trop me poser de questions, sans me torturer l'esprit, donc les vraies discussions n'ont jamais fait partie de ma vie. Avec nonchalance, il me balance que mon vécu ne l'étonne pas. (Moi qui pensais avoir une vie digne d'un film américain à gros budget...) Il a vécu une histoire similaire. Mais avec une femme. (Je précise. Je veux bien être proche de lui, mais de là à partager une passion commune pour les pénis...)

Pour parler, on parle.
Quand le serveur nous apporte cette chose verte gluante en dessert, on réalise avoir discuté non-stop tout le repas. C'est vraiment un dessert ? Non merci. J'aime l'aventure mais il y a des limites. De nature gourmande, je ne vais pas renoncer à un bon dessert, pas mon genre… (C'est le genre de la baroque Mélissa Frégé.) On rentre dormir chez lui. J'aime bien m'endormir près de lui, m'endormir avec lui. Alors que bon… Loin d'être un palace son appartement : pas de plaques de cuisson, la salle de bain est impossible à chauffer et le parquet fait un bruit monstre. Mais il y a un je-ne-sais-quoi. (La maturité peut-être ?)
Allongée à côté de lui dans le lit, je me sens si bien que j'ai finalement envie de continuer mes confidences (et puis un dessert à cette heure-ci va me ballonner…). Le fameux *pillow talk*. Je suis bilingue et je suis également devenue un moulin à paroles. Paroles et paroles et paroles ! (*Call me Dalida.*) Elle est folle cette libération parolière, c'est comme découvrir que la Terre est plate ! Comme si on ne savait pas que la Terre est un disque plat porté sur le dos d'une tortue géante qui nous transporte à travers l'immensité du cosmos… Je passe de mon manque de communication à une tonne de paroles sincères et, comme il est ma meilleure oreille, j'avoue à Valentin ne jamais avoir eu d'orgasme. Et j'ai 28 ans. (Pas depuis deux ans cette fois-ci…) Il trouve ça ahurissant. Il hallucine. Il ne comprend pas. Alors, je répète à Valentin ne jamais avoir eu d'orgasme. Et j'ai 28 ans.
Puis je réalise qu'il a bien compris la phrase, c'est le concept qu'il ne comprend pas. Moi non plus en fait. Force est de constater que même les hommes qui m'ont aimée n'ont jamais pris deux minutes de leur temps pour me faire du bien… Pour qui ils se prennent ? D'autant que la plupart ne savent pas s'y prendre… Alors vraiment, pour qui se prennent ces incompétents ? Désolée de vous le dire mais vous n'êtes pas des bêtes de sexe non… La réelle pratique du sexe, ce n'est pas celle qu'on voit sur YouPorn. Nous, les femmes de la vraie vie, on n'est pas rémunérées pour faire semblant de prendre du plaisir alors que vous

nous faites mal. (Rappel : l'idée c'est de faire du bien.) Donc si au lieu de vous la raconter, vous pouviez vous renseigner sur le fonctionnement du corps féminin, on serait tous gagnants. Ah, et sur YouPorn, si elles les regardent comme des dieux, c'est parce qu'elles pensent à leur chèque, arrêtez de rêver. Et arrêtez aussi de vous prendre pour des Casanovas sexuels. (Coup de gueule terminé.)
Ce soir-là, Valentin me fait découvrir l'orgasme. Hallelujah. Mon Dieu, encore ! Voilà une soirée dont je me souviendrai. Et avoir un sommier n'aurait rien changé… (Vraiment, j'insiste : arrêtez de vous la raconter.) Me faire du bien est devenu le plaisir de Valentin (et le mien). Il s'occupe de moi et il me conseille de m'occuper de moi-même. C'est-à-dire… Moi-même ? Toute seule ? Ah oui ?
Bon.
D'accord, je vais essayer. Après tout, il a l'air d'en savoir plus que moi… Mais d'où il sort ? Comment il sait tout ça ? Merci à lui de me communiquer le nom de la faculté qui enseigne sur moi-même.
Essai réussi.
Grâce à lui, je me suis découvert une nouvelle passion. Tout ce temps perdu (probablement perdu sur Internet…) à ne pas prendre soin de moi… Quel gâchis. Pour me féliciter, je change d'appartement ! Je ne fais pas les choses à moitié (Je suis pas la burlesque Mélissa Frégé…). OK, je m'abîme le dos à porter tous ces sacs, paquets et cartons, je sens le poney à avoir tout déchargé et rangé, puis à avoir été trois fois à la poubelle, mais je suis fan de mon nouvel appartement. Il est petit (c'est un studio en réalité…) mais il est fonctionnel et mignon. Dommage, quand même, que les radiateurs soient électriques et pas en fonte… Je les aurais bien peints en mauve mais tant pis ! (En réalité, j'ai qu'un seul et unique radiateur…) Je prends le temps de trouver la décoration qui me plaît, je ne veux plus d'un appartement qui ressemble à un appartement témoin (je laisse ça à l'outrageante Mélissa Frégé !). Me voilà divinement bien installée (si je ne prends pas en compte de pas avoir de volets… qui fait ça ?). Rentrer chez moi et être bien.

Le plaisir solitaire. Je regarderai quand même sur Internet s'il existe des tutos pour repeindre les radiateurs électriques...

Le lendemain, j'invite Valentin à découvrir mon cocon et je lui fais faire le tour du locataire. (Expression inventée avec brio !) Pendant des heures et des heures, je lui parle de mes recherches de décoration, je lui donne tous les détails de mes aventures décoratives (mes aventures soporifiques décoratives... je dois être tellement chiante...) :

« À cet endroit, je verrais bien un grand vase. Mais pas pour des fleurs, pour mon parapluie lapin. Regarde, il a même des oreilles ! »
« Tu penses qu'il existe des accroche-chaises ? J'aimerais beaucoup attacher cette chaise au mur... »
« Tout est dans l'optimisation de l'espace. Il faut que ce soit bien agencé. C'est pour ça que je vais installer mon micro-ondes sur l'accoudoir du canapé. »
« J'hésite entre un tapis rond et un tapis ovale... »
« Tu crois que si je bascule ma télévision, je peux m'en servir comme table basse ? »

Tout me paraît fou (et Valentin m'écoute, ça me paraît encore plus fou !).
J'ai 28 ans et je découvre le monde, la vie, les magasins de déco aussi. C'est confirmé : les dernières années passées dans mon château de cartes ne m'ont pas aidée à y voir clair. Cette si belle et si grosse illusion... Ce si joli château... Cet énorme déni de la vraie vie, oui ! C'était génial d'être légère et insouciante, c'était la belle vie. Mais maintenant que Valentin m'a ouvert les yeux, que j'ai découvert ce monde dont j'ignorais l'existence : waouh ! J'ai un monde à explorer, je me sens vivante et chanceuse, j'aurais pu complètement passer à côté.
(En fait si : ma vie est incroyable, je vais la proposer à des gens du cinéma pour en faire une trilogie.)

Du coup, je me pose une question… Thomas m'a quittée et je comprends pourquoi, OK, je n'ai pas de problème. (Mon ego en a un par contre, mais c'est pas le propos…) Mais si j'étais tombée sur un appartement qui ne parle pas et qui ne s'assume pas au lieu de tomber sur Valentin, est-ce que je serais toujours dans mon château de cartes ? L'histoire se serait-elle répétée ? Parce que je m'y plaisais, quand même, dedans… Et ce n'est pas parce qu'on a conscience de notre erreur (le manque de communication par exemple), qu'on ne la refait pas, la fameuse erreur !
Maintenant que Valentin m'a initiée à la parole et à l'art d'être soi-même, je ne me vois plus du tout faire semblant, revenir en arrière. Alors je me demande si, sans lui, j'aurais fait un pas en avant ou pas… Bien sûr, je n'ai pas besoin qu'on me tienne la main mais je ne connaissais pas ce monde, est-ce que j'y serais allée de moi-même ? Existe-t-il des GPS pour faire des pas en avant ? (Est-ce une fonction du GPS de vie ?) Enfin… Pas un pas pour avancer comme quand on marche, un pas pour avancer dans la vie. Enfin… En marchant aussi, on avance dans la vie, mais je parle d'avancer, d'évoluer. Bref. En me posant cette question, j'y ai répondu toute seule. Du coup, j'en profite pour me remercier, j'ai toujours voulu le faire…

Merci. Être ici, devant vous, pour me remercier personnellement d'avoir fait quelque chose pour moi, je ne m'y attendais vraiment pas… Je m'embrasse, je m'aime, je me dis à bientôt et espère me revoir très vite !

OK, sans m'en rendre compte, j'ai donné le feu vert à Valentin pour souffler sur mon château de cartes en fait. Donc si je n'étais pas tombée sur lui, je serais forcément tombée, à un moment, sur un appartement qui s'assume et à qui j'aurais donné le feu vert. Je suis persuadée qu'on va vers les personnes à qui on veut ressembler. (La raison pour

laquelle je ne vais pas vers l'horrible Mélissa Frégé !) Et si je n'avais pas été prête à évoluer, jamais je n'aurais vu, revu et encore vu Valentin. Il m'aurait probablement énervée sans aucune raison, comme toujours quand on a un problème avec soi-même. Et comme toujours quand on s'énerve contre quelqu'un sans raison.
Matteo a raison : rien n'arrive par hasard. Je reste toutefois convaincue que c'est Instagram qui dit ça. (Et Nokia dit « *connecting people* » mais qui ça intéresse ?) Il fallait donc que je rencontre la bonne personne pour évoluer. Et voilà qu'en plus, elle s'intéresse à mes aventures décoratives ! (À mon avis, il fait semblant.)

Un matin, comme il est contre l'engagement, Valentin est tout blanc quand il m'avoue s'être accroché à moi. (Toujours pas de référence sadomaso.) Puis il pousse sa confession, et plus il la pousse, plus il se décompose : il est tombé amoureux de moi ! Alors, il me propose la seule chose engageante qu'il peut tolérer, partir en vacances ensemble. Dans la mesure où je suis toute blanche moi aussi (ça fait des mois que j'ai pas pris le soleil), j'accepte d'aller me faire dorer la pilule au soleil.
Nous voilà donc tous les deux à devoir être 24 heures sur 24 ensemble, pendant sept jours, dans un pays étranger. Une contrée lointaine appelée Espagne où les habitants parlent français en ajoutant des a à la fin de tous leurs mots… (Va comprendre.) Sur la plage, alors que j'établis mon programme de bronzage intense pour les différentes parties de mon corps de déesse grecque dé-lactée, j'aperçois Valentin marcher au loin et je réalise soudain la situation : on forme un couple. Lui, une personne qui va mal, car elle découvre des sentiments amoureux non désirés prononcés, et moi, une personne qui s'épanouit, qui se découvre et qui ne souffre que d'une seule et unique chose : la blancheur de sa peau.
En voilà une situation difficile à gérer. Si j'étais bonne gestionnaire, ça se saurait ! Je vais proposer ma vie au jeu « Questions pour un cham-

pion », peut-être qu'ils pourront m'aider.
Valentin n'est pas heureux, il se ferme, il s'éteint. Et moi, évidemment tout l'inverse. On profite du séjour du mieux possible et j'envoie une carte postale à ma grand-mère, ça lui fera plaisir ! De retour en France, je constate que ma semaine de tristesse a été plus cool que ma semaine de vacances. Elle m'a coûté moins cher aussi... Je défais ma valise en me disant que je sais désormais ce que je veux et que j'en ai fini de jouer. Valentin ne veut rien de moi, ni avec moi, à part partir en vacances avec moi. Ce seul engagement possible a été testé et ça n'a pas été une réussite... Alors que mon bronzage l'a été, lui !

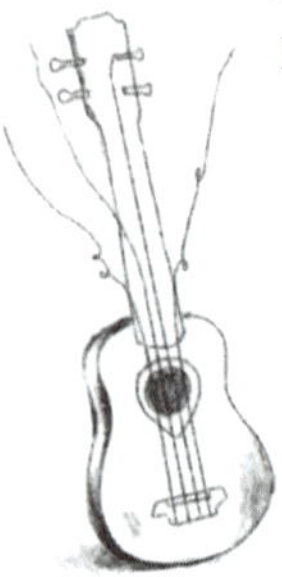

Honnête avec lui et avec moi-même, je me rends à l'évidence : tout ça est sublime mais ce style de décoration est bien à lui, pas à moi. Ce décor venu d'ailleurs ne me plaît plus et ce n'est pas lui qui va m'imposer ses choix. Je veux du local, j'ai envie d'un décor d'ici, de quelque chose de posé, d'assumé. Une bonne décoration des magasins But en résumé. J'ai changé et la légèreté de Valentin ne correspond ni à mes envies ni à mes besoins. Lui a toujours la tête ailleurs. Sa décoration lui plaît toujours autant et il n'a aucune envie d'en changer, il y tient profondément. Même les tout petits changements que je lui propose ne lui plaisent pas. On n'est plus sur la même longueur d'onde, on n'est plus heureux. Je désire des choses qu'il ne peut pas me donner, et inversement. Amoureux, on fait quand même le tour des magasins de décoration. Il paraît que sur un malentendu ça peut marcher !
Rien. Impossible de se mettre d'accord. Même sur les types de magasins de décoration on n'est pas d'accord... (Toujours voir le positif : au moins, on est pas tombés sur l'impertinente Mélissa Frégé, c'est déjà ça !)
Il est l'heure pour moi de partir. Et en claquant la porte, pour plus d'effet dramatique ! Pourquoi je ne tourne pas dans un Woody Allen ?

Probablement parce que je n'ai pas les contacts... (Ou parce qu'il a pas mon contact. Note à moi-même : envoyer mon 06 à Woody.)

Je ne m'attendais pas à Valentin et on n'avait pas d'avenir en commun. Pourtant, j'ai été bien avec lui et j'ai grandi. Je sens que je me rapproche du logement idéal de ma vie par mon nouvel intérêt pour les détails auxquels on ne prête pas attention quand on débute dans l'immobilier. De la même manière qu'un voyage me métamorphose, celui avec Valentin m'a transformée lui aussi. Je suis devenue une meilleure version de moi-même à m'affirmer et à décorer mon intérieur à mon goût ! Qui ne rêve pas d'un tableau en noir et blanc des rues de New York avec, pour seule couleur du tableau, le jaune vif d'un taxi new-yorkais ? Hein ? (Ringarde...)

Moralité

Pourquoi se compliquer la vie à aller chercher de la décoration à l'autre bout du monde alors qu'on peut privilégier les commerces de proximité ?
(C'est quand même sympa de tout faire à pied.)

Tu seras bientôt un souvenir parmi tant d'autres
La drague à la guitare ? Il m'a prise pour La France a un incroyable talent ?
Pour lui, ce n'est pas un coussin, mais un siège de sol : un coussol !

Décore ton Valentin idéal

Design ou kitsch ? Bobo ou classique ? Minimaliste ou ethnique ? N'écoute que toi !

Anas en théorie

Anas

Être propriétaire d'une maison de vacances

Je sors avec mon nouvel entourage. Nouveau gang, nouveaux BFF bipèdes. Il faut bien que je m'occupe ! (J'ai plus de temps que de pouvoir d'achat mais je vais me débrouiller…) En les écoutant parler, je réalise qu'il a bel et bien changé. De manière inconsciente, je n'ai gardé près de moi que des personnes qui ne veulent entendre parler ni de responsabilités ni d'engagements. (Non, mon nouvel entourage n'est pas un groupe de mineurs de classe de CM2…)

Tous n'ont qu'une seule et même envie : vivre l'instant présent. Moi la première d'ailleurs ! OK, ma vision de l'amour est tout ce qu'il y a de plus classique (rencontrer la perle rare qui me comprend et avec laquelle il y a peu de désaccord, se faire un cinéma, un restaurant sur les quais de Seine à Paris, une demande en mariage genou au sol avec un diamant de la taille d'une orange issue de l'agriculture biologique, emménager dans un immense appartement haussmannien avec baignoire sur pied, terrasse et parking deux voitures, avoir une maison de campagne bien garnie), mais comme le futur échappe à tout contrôle, à quoi bon s'en soucier vu qu'on ne décide de rien. (On verra bien !) Et puis j'avoue être influencée par ce phénomène de mode d'« instant présent ». Pas de jugement : le concept est de profiter de la vie sans se tracasser l'esprit, tout le monde devrait s'y mettre (sauf la farfelue Mélissa Frégé !), je ne me suis pas inscrite dans une secte (à l'inverse de l'ébouriffée Mélissa Frégé, j'espère !).

Je ne sais pas si c'est une mode, une crise, une déception, une évolution, une position ou autre chose, mais je fais un rejet total de toute projection d'avenir. Je suis d'ailleurs préparée à parer à toutes les situations…

« Tu veux manger quoi ce soir ?
— Je sais pas, on verra ce soir. »

« Tu as quelque chose de prévu le week-end prochain ?
— Passer le week-end. »
« Vous réglerez comment ?
— Avec de l'argent. »

Ce rejet va de « prévoir un dîner » à « l'idée d'avoir des enfants », en passant par la case « qu'est-ce que je fais demain ? ». Pour moi qui me suis toujours imaginée maman, en voilà une surprise inattendue. Car, réellement, la vision du moindre bambin me donne la nausée. Constater la galère des parents me conforte dans mon rejet. Et, cerise sur le gâteau, ce constat physique flagrant qui va dans mon sens : mes fesses passent à nouveau dans mes vieux jeans, pourquoi tout gâcher ? (Je m'éloigne un peu du sujet... Mais je suis contente de l'avoir souligné.)
Alors, force est de constater que ça me donne tout (tout), sauf envie d'en faire. Enfin, d'en avoir, je ne suis pas une machine. (Je ne suis pas la turpide Mélissa Frégé !)
Je passe une si bonne soirée avec mes nouveaux bipèdes que, quand on m'invite à une autre soirée le lendemain, j'accepte sans même connaître la personne qui m'invite. C'est un bipède sympa, c'est le principal ! Et puis ça ne peut pas me faire de mal de rencontrer de nouveaux appartements.
Le lendemain, à la soirée, je constate très vite que j'ai loupé le dress code immobilier. Tous sont propriétaires d'un loft, d'un gigantesque appartement sur deux étages, d'une maison, voire même d'une maison secondaire, parfois même d'un château ! Je suis la seule locataire, je ne fais pas partie du club, synchronisation loupée. Je représente donc à moi seule le côté obscur, le côté non endetté pour avoir des briques qui forment un logement (le tout sur vingt-cinq ans). Et je le vis parfaitement bien. Alors qu'eux, je n'ai pas l'impression...

« Ah... Tu es en location ? Ça te gêne pas de donner tous les mois cet argent pour rien ? Tu sais, s'il y a bien un investissement à faire dans la

vie, c'est celui dans la pierre... »
Mon Dieu... On dirait ma petite sœur avec une pomme d'Adam...

« Et comme disait mon père : investir dans la pierre, c'est du solide ! Ah, ah, ah... »

Oh là là... Le voilà qui rigole à sa propre blague. Ce n'est pas un locataire qui ferait ça ! Jusqu'à présent, je ne me suis jamais projetée dans l'acquisition de carrelage, de toiture, d'isolation, de dalle de liège, de plinthe, de cloison alvéolaire ou de charpente. Je n'ai même pas joué au Loto du patrimoine, c'est pour dire ! Déjà, je n'en ai pas les moyens. (De faire un crédit, pas de jouer au Loto du patrimoine ! Quoique... C'est 15 balles ce truc quand même.) Et ensuite, quitte à investir, je préfère investir dans moi-même, dans mon bonheur, dans ma vie. Je préfère faire mon maximum pour m'approcher de ce que je veux dans la vie, et si ça n'arrive pas, tant pis ! De toute manière, c'est la vie qui décide. Je la prends comme un Kinder Surprise, les calories en moins. Je passe une si mauvaise soirée avec ces bipèdes propriétaires que, quand on m'invite à une autre soirée le lendemain, j'accepte sans même connaître la personne qui m'invite. C'est un bipède non palmé, c'est le principal ! Et ça ne peut pas me faire de mal de rencontrer de nouveaux appartements... Et puis hors de question de rester sur un échec !
Le lendemain, avant d'aller à la soirée, je vérifie huit fois que le dress code c'est qu'il n'y a pas de dress code. OK, me voilà donc à cette soirée sans dress code. Il y a Anas à cette soirée sans dress code. C'est la troisième ou neuvième fois que je le croise, mais c'est la première fois que je lui parle.

Enfin « parler », façon de parler. Je ne peux pas en placer une parce qu'il parle en continu d'une seule et unique chose : son envie d'être papa. Il impose son dress code ou je rêve ?
#RechercheUnUtérusÀFéconderDésespérément
Alors que je commence à regretter le sujet « investissement

dans la pierre » d'hier (pour dire à quel point j'en peux plus !), Anas me raconte qu'il est en couple depuis quelques années et que sa petite amie désire qu'il lui fasse un enfant. Eh bien alors, où est le problème ? (Les gens qui s'inventent des problèmes quand il y en a pas... On dirait moi... Fatigant.) Il poursuit en me confiant que lui veut m'en faire un à moi. Ah, voilà le problème ! (On a dit pas de dress code, le relou !) Mais... On ne se connaît pas, on s'est à peine vus trois fois... Ou neuf... Et il est en couple (pas avec moi)... Mais pour lui, je suis la bonne pour la vie, et pour construire une famille ? Il manque des pièces au puzzle, non ? C'est un puzzle avec combien de pièces ? Il m'a l'air très compliqué, 100 000 ?

J'essaye de comprendre, je lui pose une tonne de questions. Le résumé de ses réponses est : ça fait six ans qu'Anas et sa petite amie sont ensemble, leurs familles s'aiment beaucoup et ils sont bien installés. (Alors qu'ils sont en location... Ça risque pas d'être solide ! Ha, ha, ha...) Mais Anas, bien dans ses pantoufles et malgré son envie d'être papa, ne lui fait pas d'enfant. (Est-ce que la situation serait différente s'il avait investi dans la pierre ?)

OK, je ne comprends absolument pas son projet, mais je comprends bien qu'Anas n'est pas l'homme le plus courageux du monde. Je comprends aussi que, pour lui, n'importe quelle femme est la bonne sauf sa chère et tendre (et Angela Merkel parce qu'il aime pas parler « politique »). Pour m'extirper de cette discussion angoissante, je prétexte avoir besoin d'un verre. En réalité, j'ai besoin de trois verres... Ou de neuf ! Alors je reste près de la table des boissons pour pouvoir boire verre sur verre. Là, une amie arrive et me lance, sans même me dire bonsoir...

« Ooh ! J'ai vu que tu discutais avec Anas ! Enfin ! C'est top ! Tu sais, tu ne le laisses pas indifférent... Il est super, tu trouves pas ? »

Ensuite, elle attrape la bouteille de vin blanc que je bois et elle s'en va.

(Trahison !) Perturbée par sa remarque, je me sers un grand verre de rosé. (Qui apporte du rosé en hiver ?) Puis je vais rejoindre Anas pour discuter d'autre chose que de son envie de progéniture. Il faut que je comprenne pourquoi mon amie le trouve super. Enfin, « amie »... Elle m'a quand même volé la bouteille de vin ! OK, elle n'était pas à moi, mais quand même.
Des heures de discussion avec Anas plus tard, je comprends pourquoi mon amie m'a dit ça : Anas est super. Bien sûr, en occultant trois choses... Ou neuf... Je lui laisse mon numéro de téléphone parce qu'il me le demande. Et puis je rentre me coucher.

On passe du temps ensemble avec Anas. Du bon temps. On vit l'instant présent. Moi, parce que c'est mon choix de vie. Lui, parce que, comme il est déjà engagé avec quelqu'un, il profite de ce que je veux bien lui donner. Je suis la cerise sur le gâteau !
Malgré les bons moments partagés, je réalise qu'Anas est bourré de paradoxes et faible devant ses envies, je ne lis pas du tout en lui comme dans un livre. (Il faudrait qu'il écrive son mode d'emploi.) Je ne comprends absolument rien au personnage. (Il faudrait qu'il me prête son mode d'emploi.) Pour moi, rien n'est cohérent. Ni sa manière de vivre, ni ses discours, ni ses choix, ni ses mots à propos de l'avenir. Rien. Pourtant, comme on se plaît, on commence à se comporter comme un couple. (Il faut que je me penche sur mon mode d'emploi.) Évidemment, ce n'est pas mon problème s'il éprouve des sentiments pour moi alors qu'il est déjà engagé avec une autre. J'assume mes choix et mes envies, à l'autre de faire la même chose (ou pas). Et j'assume bien le fait de l'aimer sans avoir envie de plus. Dans cette histoire, il est finalement le seul des trois à ne rien assumer. (L'incompatible Mélissa Frégé est un bipède qui n'assume rien non plus.) La preuve, en attendant que je veuille bien me mettre officiellement en couple avec lui, Anas reste dans sa situation confortable. Enfin confortable... OK, il traîne en pantoufles, mais il est en location.

Au restaurant, je demande à Anas de me parler de sa petite amie et de leur situation. Superbe idée de ma part de demander à mon petit ami de me parler de sa petite amie. Je pense que c'est la première fois de sa vie qu'il se confie à ce sujet, tellement il parle. Sa petite amie est folle de lui et elle est persuadée que c'est réciproque. (Il paraît qu'il y en a toujours un qui aime plus l'autre dans un couple…) Elle vit en plein rêve et ne réalise pas à quel point Anas ne veut pas avoir d'enfant avec elle. (Comment elle pourrait deviner ? Son homme traîne confortablement en pantoufles devant elle, à quel moment elle peut réaliser qu'il n'en peut plus de cet appartement ?) Ça fait un petit moment déjà qu'il ne l'aime plus mais il a peur de la quitter, il sait qu'elle va très mal vivre la séparation. Alors il reste et c'est lui qui n'est pas heureux, c'est lui qui vit très mal la situation. Il se réconforte en se disant que leurs familles s'adorent, que l'appartement est confortable, et d'autres nombreuses raisons qui ne font pas tenir un couple (comme l'achat commun de poufs pour le salon). Ils ne partagent plus grand-chose, ils sont quasiment devenus des colocataires. Alors que je l'écoute attentivement, Anas se tait soudainement et m'embrasse. Et puis il me dit qu'il est amoureux de moi et qu'il veut vivre avec moi. D'accord, mais pour quoi faire ? Je ne comprends pas l'idée… Logistiquement, elle n'est pas dingue, ça ne serait pas très pratique, ses affaires sont ailleurs quand même.
Bien sûr, je suis attachée à lui, et bien sûr je suis tombée amoureuse de lui. Après tout, il a des défauts mais il a aussi beaucoup de qualités. Comme tout le monde… (À l'exception de l'hurluberlue Mélissa Frégé qui ne compte que des défauts à son actif !)

Par une journée ensoleillée, sa chère et tendre étant sortie, Anas propose de me faire visiter leur appartement. Il précise :

« Juste comme ça. »

(Il me prend pour un âne à me mettre une carotte devant le nez ?) Leur appartement est neuf, propre, grand, bien placé, bien décoré et les voisins super sympathiques ! Il y a même une terrasse avec deux transats et des plantes. (Est-ce que la carotte est mon légume préféré ?) Même si ce n'est pas l'envie du moment, c'est facile de se projeter dans cet appartement parce que c'est facile de se sentir bien avec Anas. (Et inversement.) D'ailleurs, c'est ça l'envie du moment : me sentir bien. (Et quand ça fait du bien à l'intérieur, ça se voit à l'extérieur !) Je ne sais pas trop quoi dire à Anas au sujet de son appartement (j'ai peur de faire une gaffe...). Je me contente d'un « cool, bravo » et je propose d'aller boire un smoothie à la carotte. Il accepte (mais il sourit un peu trop à mon goût, c'est juste un smoothie... Quelle gaffe j'ai faite moi encore ?)

Quelques jours après, il est à peine 9 heures du matin qu'on sonne à ma porte. Je reste au chaud dans mon lit et je fais l'autruche. Sauf que l'invité non invité derrière la porte insiste. Mais j'insiste encore plus ! (Enfin, je bouge pas quoi...) Et puis j'entends crier :

« C'est Anas, ouvre moi ! »

Je ne sais pas quelle mouche l'a piqué mais je n'aime pas qu'on passe chez moi à l'improviste. Et encore moins à 9 heures du matin ! Je me résigne, peut-être qu'il m'apporte le petit déjeuner (je vois pas d'autre explication...). J'ai à peine ouvert la porte qu'il me crie, heureux :

« Je l'ai quittée ! »

Quand il voit ma tête non heureuse (où est mon petit déjeuner ?), il précise qu'il n'attend rien de moi et qu'il l'a fait pour lui, car il souffrait trop. Il ajoute : « Il était temps. » (OK, c'est super pour lui mais pourquoi il y a ses valises à ses pieds ?)

Le temps passe et force est de constater qu'il ne m'a pas menti, il ne me met pas la pression. Tout le contraire… Il se transforme, il devient une meilleure version de lui-même. En quittant sa chère et tendre, il a aussi quitté son mal-être, il renaît, il est libre. Zut, du coup, il me plaît encore plus…
On devient officiellement un couple.
Mon petit ami n'a plus de petite amie autre que moi.
Mais malgré mon amour pour lui, quelque chose me bloque, je n'arrive pas à imaginer ma vie avec lui. Alors je lui en parle. (Ses paradoxes sont peut-être contagieux…) Notre histoire ne se termine pas pour autant, au contraire. (Ma vie est un film à suspense à gros budget !) Comme il est persuadé qu'un jour, j'aurais envie de porter son nom de famille et son enfant, il me dit qu'il faut laisser faire le temps. Ensuite, il m'annonce qu'il veut me présenter à sa famille et à ses amis lors d'un week-end en Bretagne. (Sa vie est un film paradoxal à très gros budget ! J'espère qu'une partie du budget est réservée aux chevaux – oui parce que « chassez le naturel, il revient au galop » !) Prise de court et complètement perturbée, je réponds automatiquement « oui ». Il faut vraiment que j'apprenne à dire non… Après, il y a pire dans la vie que partir tous les weekends à la campagne. Je suis sûre que ça m'irait bien au teint, en plus.

Anas insiste sur le fait qu'il n'y a pas de réseau dans sa maison tellement elle est perdue dans la forêt. (Pour moi, être en *edge* c'est le pire qu'il puisse m'arriver ! Après ne plus avoir de batterie.) Mais, comme il me connaît bien, il insiste aussi sur le fait que dans le jardin, il y a un Jacuzzi. (Être en *edge* dans un Jacuzzi, d'accord.)
C'est parti pour un week-end de deux jours avec Anas, pour 48 heures avec ses amis, pour 2 880 minutes avec sa famille, pour 172 800 se-

condes sans réseau. (La Bretagne, ça vous gagne !) À nouveau, Anas est en boucle sur le sujet « progéniture » (et on vient à peine d'arriver, il faut qu'il se calme !). Il gâche tout le calme de la campagne ! (Boucle-la au lieu d'être en boucle !) Je réalise qu'il n'a absolument pas compris à quel point je suis sérieuse quand je lui parle de mes envies. Et, visiblement, il n'a absolument pas compris non plus à quel point je tiens à porter mes nouveaux anciens jeans dans lesquels je passe à nouveau. Tous assis dans le salon, on l'écoute parler. Enfin, moi je le regarde parler, car je prends conscience qu'il est réellement persuadé que je vais changer d'avis. Dans quoi je me suis encore fourrée moi ? Et pas de réseau, je ne peux même pas appeler ma petite sœur. (Remarque, sans réseau, l'étourdie Mélissa Frégé ne peut pas me joindre, c'est déjà ça !) On est dans de beaux draps avec nos paradoxes… Surtout que c'est plus ancré que jamais, malgré mon amour pour lui et tous ses efforts, il m'est vraiment impossible d'imaginer ma vie avec lui. Ma vie dans sa maison de campagne, oui. Mais ma vie avec lui, non. (J'ai toujours été mi-champêtre mi-citadine.) Je n'y peux rien si je n'arrive pas à me projeter avec Anas…

Malgré ça, le week-end se passe bien. Après tout, je n'ai rien contre ses amis, ni contre sa famille d'ailleurs, et encore moins contre leur maison de vacances.

Le week-end est terminé, retour à la civilisation, retour à la connexion. Et justement, on n'est absolument pas connectés. Il faut que je le quitte et que je me remette à la 4G. Mais quand même… C'est vraiment une sensation particulière… L'aimer et ne pas vouloir construire ma vie avec lui. J'hésite beaucoup à cause de ça mais, dans le fond, je sais que cette relation va dans le mur. Et c'est moi qui conduis ! (Pousse-toi, mortifiante Mélissa Frégé !)

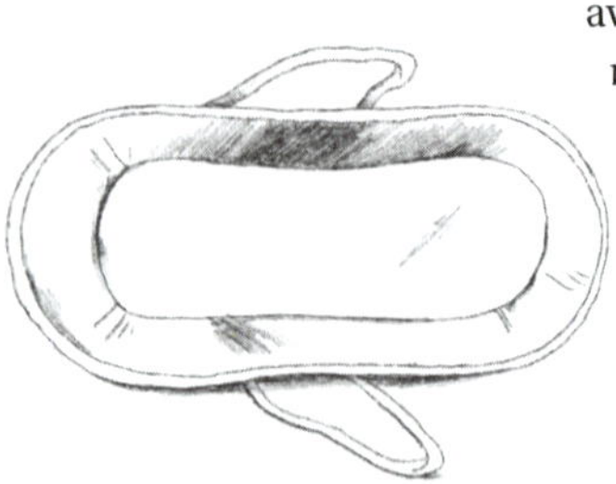

Alors que je répète à voix haute ce que je vais dire à Anas, mon téléphone

sonne. C'est un ancien amant. Il me propose de se voir. Je file aussitôt chez lui et je me réconforte dans ses draps. (Bien sûr que si, j'ai besoin de me réconforter… C'est pas parce que c'est moi qui romps que je ne suis pas triste.)
Au petit matin, pas besoin de parler de nos échecs amoureux, on sait. Comme d'habitude… On se félicite d'être exigeants avec nous-mêmes, puis on se dit « au revoir » en nous serrant la main. (C'est une blague « émoji ».) En marchant dans la rue, je réalise qu'une fois de plus mon ancien amant m'a tirée vers le haut, sans rien faire, sans rien dire, juste comme ça, en étant simplement là. Il est l'heure d'appeler Anas. (J'ai pas répété ce que j'allais lui dire depuis hier mais ça va aller.)

Je suis bien dans mon appartement.
Et même si Anas me propose une maison avec jardin (enfin… une maison de vacances avec jardin), je ne veux pas de la vie qu'il me propose. L'entendre parler aussi passionnément de vie de famille m'en a donné envie. À la différence que lui veut tout ça avec moi, et que je veux tout ça avec quelqu'un que je ne connais pas encore. Et ce sera avec cet inconnu que je m'échapperai plusieurs jours à la campagne. Pour le moment, si je veux m'échapper, je m'assois sur ma machine à laver et je lance un programme à 60 degrés (90 les jours de fête).
Et puis imaginons un instant que je sois enceinte de lui et que je perde les eaux dans sa maison de vacances en Bretagne. Comment faire, vu qu'il n'y a pas de réseau, pour poster un statut sur mon accouchement imminent et avoir des likes ? Mon enfant naîtrait en *edge* ? Qu'est-ce que je lui dirais à ses 20 ans ?

« Désolée Edge, mais si personne n'est au courant de ta naissance, c'est parce que ton père a décidé de partir en week-end dans une contrée sans réseau alors que j'étais sur le point de te donner la vie. C'est pour ça qu'aujourd'hui tu es sans papiers ! »

La vie est vraiment une péripatéticienne et il n'a clairement pas les moyens de se la payer. En disant ça, je n'insinue pas que je suis une péripatéticienne ! Seulement que c'est profondément la loose de ne pas pouvoir se payer une maison de vacances raccordée à la fibre. (Cherchez l'erreur.) Surtout que le salon de jardin en rotin pourrait me faire gagner des followers. (Quoique... Il n'y a pas de coussins sur le rotin... Quadrillage fessier, me voilà !)

Il faut être avec la bonne personne pour avoir envie de porter un autre nom de famille que le sien. Et pour avoir envie de porter un enfant aussi. (Et pour avoir envie de porter ses vergetures aussi.)

Galérer avec ma moitié parce que notre tout petit bébé nous met à l'amende et voir les gens nous regarder parce qu'on galère à mort, c'est ça dont je rêve. Et comme il s'agit de mon rêve, à moi de bien choisir mon prince charmant. (Et qu'importe s'il a investi dans la pierre ou non.)

Moralité

Pour avoir des oiseaux qui chantent et du soleil, nul besoin d'aller à la campagne. Mieux vaut privilégier une belle orientation sud.

Anas en pratique

Le top 5 des weekends de merde

Le weekend avec le pauvre

- Ce que tu souhaites :

Un week-end n'importe où sauf à Vierzon. Un hôtel sympa pour lui « chatoyer » les parties intimes. Des chaussons pompons satinés, un dîner romantique, une fenêtre pour un moment #GoldenHour. Une paire de Louboutin en cadeau, bien sûr une contrefaçon, livrée par Jean-Luc #VendeurAuMarchéEnShortTouteLAnnée

- Ce que tu as :

Un week-end à Vierzon (comme par hasard). En mode co-voiturage avec Jean-Luc #RoutierRetraitéEnShortTouteLAnnée

Au camping : sandwich thon-mayo, toilettes communes et l'odeur des sardines aussi présente que la laque au concours Miss France. Heureusement, t'as pas de Louboutin.

Le weekend avec le radin

- Ce que tu souhaites :

La discrétion d'un hôtel en bord de mer, t'es une Kardashian.

Champagne, caviar, homard. Quand tu veux faire attention à ton derrière, mange les saveurs de la mer.

La joie d'un moment jacuzzi pour te sentir comme une framboise dans un Kir-Royal. #LesBullesCestLaVie

- Ce que tu as :

La discrétion d'un hôtel en bord d'autoroute, t'es une p**** ?

Saucisson cheap, pâté cheap, rillettes cheap. Le mec est fan de gras ?

La joie d'une excursion nocturne pour piquer du papier toilette #PQbasket

Le weekend avec le trop heureux de tout

- Ce que tu souhaites :

Un mec heureux de l'intérieur, protubérant de l'extérieur.
Une chambre sans vis-à-vis pour voir combien de temps tu peux tenir à poil avant l'appel du slip.
Un mec qui trouve génial d'avoir pris quatre valises, un sèche-cheveux, un lisseur, six paires de chaussures, sept tenues de soirée, une doudoune, une robe de chambre, six livres, un macbook air et trois serviettes de plage pour un week-end.

- Ce que tu as :

Un mec qui paraît sous exta H24 et qui donne des surnoms à tout. #hashtagounet
Une chambre d'hôtel vue parking, des cloisons ultra fines, des travaux bruyants car SPA en réhabilitation et lui qui te dit « Oh, y'a pire ! ».
Les vibrations de la perceuse derrière le mur qui sont à la limite de te donner un orgasme, l'annonce d'un weekend de merde.

Le weekend avec le dépressif

- Ce que tu souhaites :

Un mec qui pleure car tu as utilisé sa carte de crédit pour remplir ta valise de… choses… sympas… et… #IlPartAvecUnSexShop
Un passage chez l'esthéticienne pour être aussi lisse qu'une voiture après un coup de polish.
Un hôtel zen avec massages aux pierres chaudes, froides et tièdes.
Une belle-mère qui a interdiction par la loi de t'approcher et de te contacter, sous peine d'un électrochoc via bracelet électronique.

- Ce que tu as :

Un mec qui pleure dont la valise est pleine de calmants à base de plantes, d'oméga-3, de ginseng, de rhodiola rosea, de millepertuis, de ginkgo biloba, de safran, de vitamines, de spiruline, de zinc, d'anxiolytiques et d'antidépresseurs. #TuParsAvecUnePharmacie

Une annulation de dernière minute de la chambre 666 à l'hôtel « Sous L'Echelle » au 49 rue du chat noir, car départ un vendredi 13.
Une belle-mère envahissante, gênante, qui t'appelle pour connaître l'état de santé de son fils alors que tu ne regardes pas Grey's Anatomy pour la qualité des ordonnances prescrites.

Le weekend avec l'écolo-vegan

- Ce que tu souhaites :

Un week-end nature mais pas au fin fond d'une forêt pour sentir les forces et les énergies de la terre #AllergieAuxGraminées
Que ton mec parte en excursion sur ton corps ficelé de dentelles #TuEsClairementUnParcoursDaccroBranches
Découvrir les joies des programmes écolo-vegan sur ton canapé, via Netflix.
Au programme : vivre la vie des meilleurs influenceurs écolo-vegan. À côté de toi, Bambi est carnivore.

- Ce que tu as :

Un week-end proche nature au fin fond d'une forêt pour sentir les forces et les énergies de la terre #AlloSOSMedecin
Un réseau téléphonique aussi inexistant qu'un service administratif ouvert le week-end. #JeVaisMourirDansLaForêt
Au programme : marche, barres céréales-gazon, écoute de chants d'oiseaux, poterie. À côté de ça, Gandhi c'est David Guetta !

STOP.
On peut faire une pause ? Un break ?
Je ressens le besoin de faire un point. Une sorte de *previously in my life*.
Je ne sais toujours pas à quoi ressemble l'homme de mes rêves.
Je n'ai toujours pas trouvé le logement de mes rêves.
Je n'ai toujours pas de batterie et Beyoncé doit être si triste de ne pas avoir reçu mon message…
J'ai épuisé la moitié du dictionnaire pour décrire l'indescriptible Mélissa Frégé.
Ma petite sœur sera certainement la prochaine présidente avec ses idées aussi brillantes que les cheveux de John Travolta dans *La Fièvre du samedi soir* et la seule chose qui me donnerait un brin de fantaisie et d'exotisme, à ce moment précis, c'est une choucroute de la mer.

Haaaaa.
Une bonne chose de faite.

Diego en théorie

Diego

Un mobilier de bonne qualité

Je ne fais pas partie de la catégorie nymphomane mais j'aime bien m'amuser, j'aime bien me faire du bien, j'aime bien qu'on me fasse du bien, j'aime bien que les autres me fassent du bien, j'aime bien que tout le monde me fasse du bien, chiens, chats, poules, canards, et j'en passe. (On se juge pas!) Bref.
C'est pour ça qu'on se met en couple d'ailleurs. Pour partager une intimité et se faire du bien l'un à l'autre. Enfin, selon moi. (Mère Teresa du bien-être, si j'étais un service, je serais un spa.)

J'ai 31 ans, la fleur de l'âge. (Pas de chance, je suis allergique au pollen...) Bon. Qu'est-ce que j'aime d'autre ?
Ah, les animaux ! Je recommence alors.
J'ai 31 ans, la chienne de l'âge. Pourtant, je n'ai aucun homme en vue. (Note à moi-même : WTF ? *What The Fuck* ?) Tinder existe mais ça ne me dit rien. Grinder non plus d'ailleurs. Les hommes y sont plus beaux mais je ne les intéresse pas... Par contre, j'adore YouPorn mais l'application n'existe pas... Comment je vais m'en sortir ?

Je pourrais créer l'application YouPorn et devenir millionnaire ! Que dis-je, milliardaire ! C'est bon, idée trouvée. Fin de ma recherche de vie parfaite. Avec cette montagne de dollars français, je m'offrirai de nombreux logements et de nombreux hommes, il y aura bien, dans tout ça, de quoi me satisfaire ! J'achèterai en masse des téléphones portables afin d'anticiper les prochains soucis de batterie, des tonnes de voilages et du pain. Oui, avec du beurre, beaucoup de beurre !

Merci de m'avoir lue.
Cordialement.

Si seulement...
Je suis loin de pouvoir créer l'application YouPorn... Avec toute cette paperasse... J'ai déjà du mal à comprendre une facture d'eau...

« Voici votre consommation en m^3. »
Comment calculer les m^3 sortant d'un robinet ? (Je vous le demande !)
Du coup, mieux vaut me concentrer sur mon plaisir personnel. Dans ce domaine, au moins, je m'y connais, je suis experte. D'ailleurs, quand je rencontre Diego, je l'envisage comme un ami avec lequel je vais coucher. Enfin, comme une connaissance avec laquelle je vais coucher... Un pote de matelas... Un ami mémoire de forme... On ne se connaît pas du tout, je suis donc la seule de nous deux à savoir qu'on va coucher ensemble. (Voyance en direct.)

Avec Diego, on rigole tout le temps.
Je réalise que je couche souvent avec des hommes avec lesquels je passe mon temps à rire. Le proverbe est donc vrai : Femme qui rit, femme à moitié dans ton lit.

« Ha ha ha, regarde, j'ai cassé ma biscotte en la beurrant ! »
« Ha ha ha, je me suis lavée au shampoing au lieu de me laver au gel douche ! »
« Ha ha ha, regarde ma facture d'eau ! Ils ont écrit m^3 ! »

Qu'est-ce qu'on rit. (Comme des baleines !)
J'ai mon plan bien en tête mais Diego en a un autre : il me demande si je veux être sa petite amie. Et ce n'est pas une blague. Je pèse rapidement le « pour » et le « contre ». Puis je procède à un sondage démocratique auprès de mes doigts. (Ceux des mains seulement, mes doigts de pieds n'ont pas encore le droit de vote.) Ils se sont tous levés, alors, comme la majorité l'emporte, j'accepte l'offre de Diego. C'est parti pour une nouvelle relation, et qui dit « relation officielle » dit « chouette, à moi les nuits torrides ! » (Combo gagnant ! Banco, bingo et jackpot ! Tu vas me manquer YouPorn...)
Heureusement pour moi, je suis une femme avec du pouvoir d'achat. Alors, je dévalise les magasins de lingerie. Désormais, Victoria Secret

n'a plus de secrets pour moi. Je me lâche sur les tenues ayant des zip. Je veux que chaque partie de mon corps soit accessible en un coup de dézippage. (Avant-gardiste.) Zippée de la tête aux pieds (je ressemble à une tente de camping cinq pièces), je suis prête à passer la nuit chez Diego. Par contre, lui n'est pas prêt à me faire passer la nuit chez lui. (Mauvaise synchronisation des montres !)
Alors, le lendemain, je l'invite à passer la nuit chez moi. Comme il accepte mon invitation, je redécore mon appartement. Je fais un stock de bougies d'ambiance, de CD d'ambiance, de chips d'ambiance et de moquette d'ambiance. (Grosse ambiance !) Je suis à deux doigts d'appeler la mairie pour faire changer le nom de ma rue en « rue d'ambiance ». D'ailleurs, si on remplaçait « Paris » par « ambiance », ça rehausserait l'économie de la ville : aéroport d'Ambiance Charles de Gaulle, Ambiance-Brest, Ambiance Match, Ambiance Saint-Germain. (Note à moi-même : devenir maire d'Ambiance. Est-ce que le bac « maire » existe ?) Avec toutes ces ambiances, mon appartement ressemble plus au Salon de l'érotisme qu'à un appartement témoin. Est-ce que j'en ai trop fait ? J'y suis allée à fond, j'ai fait tout le boulot, à son tour de bosser, je vais lui donner toutes les cartes (enfin, que des reines). *Work hard play hard*, à nous le journal du hard ! C'est comme lui donner un canot de sauvetage pendant le naufrage du *Titanic*. Je l'accueille chez moi plus dénudée que Rose quand Jack l'a dessinée. (Et pourtant elle était complètement nue...) Ce n'est pas de chance, à rester si longtemps toute nue, j'ai chopé un rhume. Et ce n'est vraiment pas de chance du tout, parce qu'en tombant sur Diego, je suis tombée sur le néant, le vide, l'inexistence. (Oui, je parle de sexe.) Mais... Pourquoi il ne me saute pas dessus ? Je ne comprends pas... *What the fuck ?* Enfin non, justement... Façon de parler quoi... Il n'est pas dans l'ambiance ou quoi ? Au lieu de me dézipper, il compare son appartement au mien et il me raconte ce qu'il n'aime pas dans le sien. Cerise sur le gâteau, comme il le trouve trop petit, je comprends qu'il ne m'invitera jamais chez lui... (La taille, la taille, toujours la taille !)

Je ne comprends pas pourquoi il se focalise sur le lieu où se passe l'acte plutôt que sur l'acte, mais je comprends que ça sent le retour de You-Porn !
Avec Diego, il ne faut pas être trop gourmande (il faut plutôt être au régime en réalité). (J'aurais mieux fait de lui présenter la redoutable Mélissa Frégé.) C'est peut-être de ma faute ? Est-ce que ma taille mannequin m'a roulée dans la farine ? (Comment ça « prétentieuse » ? Pas du tout...) Il faut absolument que j'appelle Kate Moss ! Elle adore la farine en plus...
Diego a dormi avec moi je ne sais pas combien de fois. Par contre, je sais qu'il ne m'a pas touchée une seule fois (Génie des mathématiques. Je me demande quelle est sa consommation de moi en m^3 ? Indice : 0.). À chaque fois qu'il part de mon appartement, je lui lance une petite blague pour le faire réagir. Du genre...

« Barre-toi maintenant, que je puisse me toucher vu que tu ne le fais pas ! »
« Ah ! Enfin tu pars, je vais pouvoir me toucher ! »
« Tu es là ? Je croyais que tu étais parti. Je me touchais ! »

Mais c'est peine perdue, je me bats contre le vent. Alors, j'ai une question pertinente : à quoi ça sert qu'on soit ensemble lui et moi ? Ce ne serait pas mieux si on était seulement amis ? Ah, zut... Je couche aussi avec mes amis... Ce ne serait pas mieux si on était seulement deux habitants de la même ville ? Après, est-ce que je couche avec les habitants de la même ville que moi ? (Foire aux questions.)
Je suis à deux doigts de me taper un poulet. (L'animal, pas le policier, j'adore le poulet.) Je décide de lui laisser une dernière chance et je lui demande si je peux passer la nuit chez lui. Il répond en me disant qu'il a une surprise pour moi : il nous a réservé des vacances. (Tout nu et tout bronzé !) Il me détaille le circuit prévu : coucher, coucher, coucher, coucher et coucher. Aaah ! Les vacances idéales !

Je redescends sur terre quand je l'entends prononcer les mots « chaussures de marche ».
Hein ?
Vite, je lui demande de répéter le circuit prévu. Mes oreilles se mettent à saigner quand j'entends les mots « randonnée », « excursion » et « Loto bingo ». (Le Loto bingo, c'est bon pour l'écervelée Mélissa Frégé !) En ce qui concerne le reste du circuit, je ne peux rien dire dessus parce que je suis déjà dans un coma éthylique. À peine mes esprits repris, je réattaque le morceau, je suis coriace...

« Et en ce qui concerne... Coucher ?
— T'inquiète pas... Il y aura des sacs ! »

J'espère que « sac » veut dire « préservatif » dans son langage... (Indice : pas du tout.)

On est en vacances.
Après une randonnée de trois heures dans la forêt à écouter des noms d'arbres dont je me fiche royalement, l'heure de la douche sonne. On va enfin coucher. Ça fait maintenant sept mois qu'on est ensemble, il est temps de se lancer. (Même la terrifiante Mélissa Frégé se lance plus vite que ça...) Alors, tout en me débarrassant de ces horribles vêtements de randonnée, je propose une douche commune. Il me regarde de haut en bas (et c'est tout à fait normal, je suis quasiment nue), puis il rejette mon référendum. (Moins normal... Hein ?) Je suis sidérée et je ne comprends pas. (Je lui ai pourtant pas dit que l'évaporée Mélissa Frégé se joignait à nous pour dîner.) Je reste calme et sereine, telle Marie-Antoinette à la fleur de l'âge. (Elle était pas allergique au pollen, elle...) Je me rhabille avec

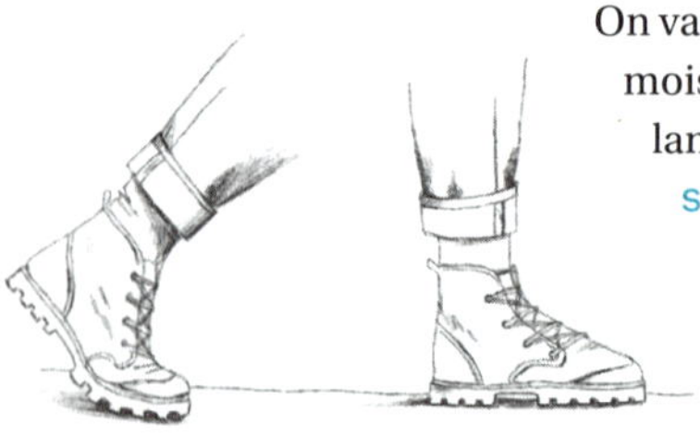

ces ignobles vêtements, ils ont l'avantage d'être à mes pieds. Je sors de notre chambre et je vais m'asseoir au bord de notre piscine privée. Au début, c'était pour m'isoler et réfléchir à tout ça. Et puis, finalement, je trouve ça malin de ma part : Diego va devoir sortir de notre chambre et venir me voir. On va enfin avoir la discussion qu'on aurait dû avoir il y a un petit moment déjà : quel est ce mystère autour de son appartement ? Je suis donc fière de moi ! En attendant qu'il arrive, je me fais tout un film dans ma tête, un film romantique... Quand l'héroïne s'éloigne, le cœur blessé, et que le héros la rejoint pour lui déclarer sa flamme et l'embrasser sauvagement. (À moi le moment porn-piscine !)
Le temps passe.
Je suis toujours assise au bord de la piscine en chaussures de marche, sac à dos et crustacés.
Trois heures après, je me demande s'il n'est pas allé en randonnée sans moi. Diego a complètement oublié qu'on ne laisse pas bébé dans un coin. (Enfin, sauf s'il s'agit de l'effrayante Mélissa Frégé.)
Bon.
Comme il ne se passe absolument rien, je me rends à l'évidence : il faut que je regarde moins de films romantiques (et moins de films pornographiques aussi), la réalité est trop décevante du coup...
Que ferait Beyoncé ? C'est une *survivor*, je la revois accoster sur l'île dans le clip. (La chance, elle portait pas de chaussures de marche, elle...) Allez ! Moi aussi je suis une *survivor* et je vais le prouver en affrontant Diego.
Je me lève et je marche d'un pas déterminé vers notre chambre. Je suis forte, je le sens. Il ne sait pas à qui il a affaire et...
BOUM !

P**** de baie vitrée trop bien nettoyée !!!

J'ai une marque rouge sur le front maintenant. Et demain j'aurai une bosse ! J'ai deux neurones en moins aussi... La seule chose positive

dans cet accident : la baie vitrée n'a aucune trace... Car mon rouge à lèvres hors de prix ne laisse pas de marque. Mon choc ne provoque aucune réaction. À nouveau, c'est le néant.
J'ai une question, est-ce que Diego sait que j'existe ? Je crie « hééé » tout en frappant à la baie vitrée. Il m'ouvre et me demande comment s'est passée ma deuxième randonnée. J'hallucine ! Je reste calme et sereine, telle Marie-Antoinette à la fleur de l'âge. (Toujours pas allergique au pollen, elle...) En prenant une douche, je réfléchis. Il faut que je prenne le taureau par les cornes. Alors, je décrasse mes pieds, je lave mes cheveux et je triple savonne mes parties intimes. En moins de deux minutes, je suis aussi belle qu'une voiture qui sort de chez le concessionnaire (avec un sapin senteur « fraise des bois » autour du cou).
Diego est prêt, mais il ne le sait pas encore...
Je le rejoins sur le lit tel un félin (avec ma tête ronde et mon crâne raccourci). Il me regarde avec de grands yeux. Et puis il m'embrasse. Enfin ! Hallelujah ! Youhou ! C'est parti ! Je n'y croyais plus ! La machine est lancée !
Pour être sûre et certaine que je ne rêve pas, je lui demande de me pincer. Aïe ! (Mais banco.)
Quand je fais du gainage, je souffre terriblement. Une minute, c'est extrêmement long. Là, quand Diego me fait l'amour pendant une minute, je ne la vois pas passer. (Je doute du coup... OK, il m'a pincée, mais est-ce que ça s'est vraiment passé ?) Ça a été trop rapide, je n'ai pas eu le temps d'en profiter. (J'aurais mieux fait d'aller en randonnée, au moins j'aurais senti quelque chose...)
On a le droit d'avoir des problèmes. Aucun problème pour avoir des problèmes ! Mais, quand la situation devient étrange (et gênante) à cause d'un problème, c'est important d'en parler. Alors, je reste à côté de lui et j'attends qu'il me parle. Je suis prête à tout entendre : un problème de précocité ? Un problème d'excitation trop forte ? (Peut-être qu'il aurait préféré un poulet ?) Mais il ne dit rien et un froid glacial envahit la pièce.

Quelques jours après, la fin des vacances sonne (et vu l'ambiance, c'est pas trop tôt !).
Sur le retour du retour, alors que je viens d'accorder le droit de vote à mes doigts de pieds, Diego recommence à me parler de son appartement, de sa petite taille, du manque de meubles, et bla-bla-bla. C'est reparti pour un tour. Je vais à nouveau dormir avec un pot de fleurs. (Je suis toujours allergique au pollen en plus...) Hors de question ! Alors, au lieu de l'inviter à venir dormir chez moi, je le laisse rentrer chez lui et je sors faire la fête avec des amis.
Comme ma relation avec Diego se résume à un rapport sexuel en sept mois, je passe la soirée à essayer de convaincre mes amis (pour me convaincre moi...) qu'on se fait toute une montagne du sexe et que ce n'est pas si important dans un couple. N'importe quoi ! (Je dois être bourrée... Et c'est probablement à ce même moment que j'ai dû donner mes voilages à quelqu'un. Dénoncez-vous !)
N'importe quoi parce que, pour moi, le sexe fait partie du ciment du couple. Après, chacun fait son mélange de ciment comme il veut, mais il ne faut pas imposer son ciment aux autres. (Compris Diego ? Pour moi c'est important !)
L'un de mes amis me lance en riant...
« Par hasard, tu serais pas tombée sur un gay qui s'assume pas ? »

Waouh, ça ne m'est même pas venu à l'idée ! Sérieusement ?
Je ne sais pas s'il dit vrai (il est loin d'en être à son premier cocktail...) mais la plus vieille tradition du monde est de se reproduire et on ne la respecte pas, cette tradition. (Note à moi-même : je devrais peut-être sortir un godemichet la prochaine fois et porter Le Mâle de Jean Paul !)
Je suis tombée sur le seul homme qui ne couche pas. Encore plus que d'habitude, je ne comprends pas ce qu'on fait ensemble. C'est quand

même la différence majeure entre ton petit ami et tes amis que de partager des moments intimes, sexuellement parlant. Enfin… Ça dépend des personnes (je ne suis pas un exemple) mais je veux dire à la base de la base.

Malgré moi, je deviens aigrie et méchante. (On dirait la tumultueuse Mélissa Frégé.) Diego m'agace profondément et je suis frustrée. J'adore parler mais j'en ai ma claque des discussions, des confidences et des coups de blues. J'en ai ma claque des sorties, des bons moments et des mauvais aussi. J'en ai ma claque de me toucher (j'ai tellement mal à la main droite que je dois prendre ma main gauche pour m'aider…). J'en ai ma claque de dormir avec un pot de fleurs. (Toujours allergique au pollen.) J'en ai ma claque de tout ce qui me donne envie de me défouler sexuellement (je suis si sensible que le roucoulement d'un pigeon peut me donner un orgasme…). L'être humain est un animal mais je ne suis pas un dinosaure. Je suis sur terre et j'ai des besoins. Libre à moi de les exprimer…

« J'ai un appartement sympa, passe à la maison ! (C'est pas à toi que je parle Diego. Reste chez toi Diego !) »

Diego me répète souvent que je suis la femme de sa vie. (Décidément…) Je ne comprends pas comment il peut espérer que notre histoire fonctionne…
Évidemment, je trompe l'appartement de Diego avec des appartements de passage. Et je dis également à d'autres appartements de passer à mon appartement. (Toujours pas pour toi Diego. Reste chez toi Diego !) Dans les draps de différents appartements, je me sens revivre. Aujourd'hui, deux jours après ma renaissance, je décide de quitter Diego. Je veux me remercier pour cette belle décision, alors je vais devant mon miroir pour me faire un bisou sur mon magnifique front. (J'ai un front formidable. Mon front est parfait ! Le front absolu.) Après plu-

sieurs essais non concluants pour atteindre mon front-Pi, je change de plan et je me fais un smack dans le miroir. (Peut-on qualifier ça comme étant ma première relation lesbienne ?) Et puis je m'apprête comme jamais, c'est l'heure de la rupture. En chemin, je me dis qu'à 90 ans, je serais sûrement restée en couple avec Diego, on s'entend vraiment bien. Je suis certaine qu'on aurait beaucoup rigolé avec nos dentiers. Mais à 31 ans, en pleine forme et en plein pic hormonal, c'est hors de question ! Diego sait qu'il me manque beaucoup trop de choses avec lui, mon petit ami officiel. D'ailleurs, du coup, à quoi sert la case « officiel » ? (Je vous le demande !) Il faut sortir des situations qui rendent malheureux. Si on y reste, on en arrive à tromper nos « officiels ». Enfin, selon moi. Il faut arrêter de faire semblant et assumer ses envies, il faut être exigeant et oser trouver le bon logement, le logement officiel !
Je suis arrivée.
Il ouvre la porte, il est étonné de me voir mais, très vite, il me sourit. Il me regarde ensuite de la tête aux pieds. Il ne se doute de rien (le pauvre). Il me souffle à l'oreille que je suis jolie et qu'il a envie de moi. (Trop tard, je suis lesbienne avec moi-même.) Je ne dis pas un mot et j'entre chez lui. Une seconde me suffit pour le dire officiellement : je n'aime pas son appartement. Il n'y a qu'un lit dedans, où sont les meubles ? (Probablement chez Marie-Antoinette...) Pour qu'il voie l'effet que ça fait, je le quitte en une minute. Et je pars sans me retourner. (Comme dans un film !)
Je marche dans la rue et je vais bien, je n'ai pas mal au cœur.
Quelque chose n'allait pas entre nous, c'était notre relation. Alors, maintenant que j'en suis sortie, pourquoi est-ce que j'irais mal ? Pas besoin de chercher midi à quatorze heures. C'était déjà officiel mais j'officialise l'officiel : YouPorn est de retour.
Je l'avoue, avec Diego, mon ego a pris un coup, et ce n'était pas celui que je voulais... (Vulgarité bonjour ! Bigard, sors de ce corps.) Je ne me suis pas sentie désirée une seule fois en sept mois de relation. Je ne me suis pas sentie femme une seule fois non plus, d'ailleurs. Moi

qui suis coquette et qui adore me faire jolie, j'avais même arrêté de m'apprêter… (J'aurais mieux fait d'arrêter cette relation plutôt que de boycotter mon maquillage et mes fringues. Place aux priorités.)
J'ai passé mon temps à me demander pourquoi mon petit ami ne me touchait pas, j'en suis même arrivée à me demander si j'étais toujours désirable. (Si j'avais été Madonna, je lui aurais balancé : « *Bitch, I'm Madonna!* »)
Une question me saute au visage : est-ce que je n'essaierais pas Tinder ? (Question de la plus haute importance.) Après tout, il y a des femmes qui aiment les sacs à main, d'autres qui aiment les chaussures et elles ne se gênent pas pour en acheter, et encore moins pour les porter. Bon, alors ! Je ne vois pas pourquoi je devrais me priver. Dans la mesure où j'assume complètement mon amour pour ma libido, c'est finalement la solution logique et évidente.
Je m'inscris sur cette application et je « matche » avec de nombreux hommes que je trouve beaux. Champagne au m^3 pour tous ! Que le champagne coule à flots en remplissant des centaines de m^3 afin que chacun puisse jouir d'une coupette ! Pour me féliciter de ce pas en avant, je m'offre (enfin je commande…) un lave-vaisselle ! Il est grand temps de prendre soin de moi et de mon appartement, grand temps de faire dans la qualité ! Après tout, elle est comme le pollen, elle est vitale ! (Enfin, sauf quand tu es allergique…)

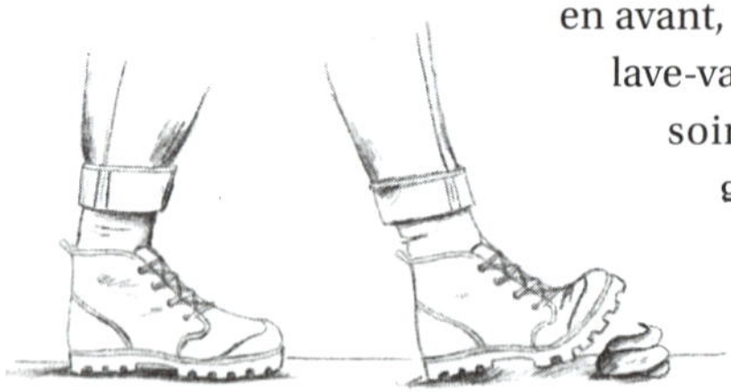

Moralité

Ce n'est pas parce que les charges du logement sont à la charge du propriétaire que je dois forcément m'y plaire.

Diego

Diego en pratique

Où est l'aubergine?

Oseras-tu relever le défi ? Grâce à ton sens de l'observation, retrouve l'émoji « aubergine ». Bon courage et surtout, ouvre l'œil !

Ben en théorie

Ben

Les extérieurs

Je traîne sur Facebook.

Je ne sais vraiment pas quoi faire... Et traîner sur Facebook le prouve bien. Est-ce que Myspace existe toujours ? Que devient Tom de Myspace ? J'ai l'air d'une vieille si je parle de Myspace ? (Dans le doute, je vais mettre de l'antiride !) La tonne de stupidité sur ce réseau social est affolante, ça déborde de tous les côtés. (Qui ça intéresse la photo d'un brin de muguet qu'il faut renvoyer à dix de tes contacts ? Les fleuristes, peut-être ? Note à moi-même : l'insoutenable Mélissa Frégé est allergique aux fleurs, je devrais songer à lui envoyer un courrier anonyme rempli de pollen. Est-ce que j'ai des enveloppes ? Le pollen numérique n'a jamais fait éternuer personne...) Oh là là... Ça dégouline de débilités de tous les côtés ! Et puis je vois toutes ces annonces de vente postées en masse par mes anciens amis du lycée : voiture, appartement, casseroles, poussettes et tout le tintouin. J'ai loupé une mode ? Est-ce que « tintouin » est encore à la mode ? Seul Wikipédia me le dira ! Je n'ai rien de mieux à faire que de regarder qui devient quoi selon ce qu'il vend. Et tous vendent la même chose, que c'est triste ! Comme s'ils avaient tous la même vie, une vie terne et loin d'être sympathique. J'ai beau n'avoir rien de mieux à faire que traîner sur Facebook, ma vie n'est pas la pire finalement ! C'est quoi tout ce matériel accumulé ? Ils passent leur temps à acheter des choses ? Toujours la même chanson... Jusqu'à ce que je tombe sur l'annonce de « Ben A. ». En voilà une différente ! Par contre... Son visage... Je suis fortement intriguée par sa photo de profil : il y avait vraiment un mec aussi magnifique dans mon lycée ?? Qui est Ben A. ???? Pourquoi je ne m'en souviens pas ?????? Me voilà en pleine crise de points d'interrogation. Vite, un médicament contre la crise de points d'interrogation ! (Comment ça, ça existe pas ? Et mes impôts alors, à quoi ils servent ?) Ma crise passe mais le mystère n'est toujours pas résolu. Il faut absolument que j'aille voir son profil de plus près. Légèrement radin en photo de lui, dis donc... À moins que ce soit une stratégie ? Du genre, il se fait rare ? Non, non, on est tous en demande de « like » sur les

réseaux sociaux. Il y a autre chose. Quel est l'intérêt de ne poster que trois photos, dont une avec un chat ? D'autant qu'on le sait tous : les chats sont des aimants à like. Paradoxal. Il y a autre chose, c'est certain ! Les rares clichés postés valent le détour. Comment j'ai pu ne pas voir Ben… (Je suis certaine que c'est la faute de la sarcastique Mélissa Frégé… Décidément, elle m'a gâché tout le lycée !) Après, plus d'une décennie est passée… Il est peut-être comme le vin, il s'est bonifié avec l'âge. Et il passe donc d'inaperçu à perçu.
Ben vend sa maison.
Je regarde les photos de celle-ci, histoire de me faire une idée… Une petite mare dans le jardin, une cave à vin, une salle de billard, un Jacuzzi. Sa maison est à son image : magnifique ! Tel propriétaire, telle maison, c'est bien connu. Le seul hic au tableau : elle est située à Amstel, aux Pays-Bas. (Les Pays-Bas qui sont plus hauts que nous d'ailleurs… Géographiquement parlant, bien sûr.)
Je discute avec Ben, le propriétaire de la maison de mes rêves, sur le chat Facebook (sur Messenger, oui…). Ce qu'il me raconte confirme qu'on a été dans la même classe au lycée. Il faut que je me pose de sérieuses questions. Puis Ben change de sujet et parle de sa maison. Je demande de quelle maison il parle. (Je préfère brouiller les pistes, pas qu'il pense que je lui parle uniquement pour celle-ci. Maline !) Il m'invite à aller la voir via les photos sur son profil. (Comme si j'allais aller la voir aux Pays-Bas. Je suis pas si désespérée !) Je descends la poubelle. C'est une technique (qui a fait ses preuves d'ailleurs) pour perdre un maximum de temps « crédible », pour que l'autre soit en attente de notre réponse : il faut se laisser désirer en d'autres termes. À nouveau derrière mon écran, je l'informe que je la trouve très belle. Alors, il propose de venir me montrer les photos et vidéos de son chez-lui. Ça fait un peu (beaucoup) désespéré, il y a plus de 400 kilomètres qui nous séparent, mais comme c'est pas à moi de les faire : d'accord. 400 kilomètres et la téléportation qui n'existe pas encore… Qu'est-ce qu'ils attendent, ces millions d'ingénieurs surpayés, pour faciliter mes

déplacements afin de visiter la maison de mes rêves ? Je ne vis pas dans le bon siècle. (Note à moi-même : me renseigner sur la cryogénie. Je serais pas mal en glaçon. On m'a toujours dit que j'étais belle au ski.)
J'ai donc rendez-vous avec un homme dont je ne me souviens pas pour qu'il me montre des photos et vidéos d'une maison que je ne pourrai jamais me payer. (Il faudra que j'en parle à Freud…)
Une dizaine de jours plus tard, c'est le jour J.
Je ne sais pas comment m'habiller… Ce n'est pas tous les jours qu'on rencontre des photos et des vidéos de la maison de ses rêves ! Et aucune, mais alors aucune, des pseudo-influenceuses que je suis n'a été capable de me renseigner sur le sujet. J'opte pour un style « décontracté mais classe ». J'enfile un pull en grosse maille rose pâle et une jupe crayon grise, je glisse dans mes baskets blanches et je file au lieu de rendez-vous, un bar que Ben a choisi. En marchant dans la rue, je me regarde dans les reflets des vitrines. Force est de constater que je ne suis pas une victime de la mode. Je ne ressemble pas à grand-chose mais je n'ai pas mieux. Après, je suis quand même assez sûre que mon style fait « décontracté mais classe », et à quelle maison ça ne plairait pas ? Ben est déjà dans le bar quand j'arrive. Il a le nez dans sa tablette. Je parle évidemment de sa tablette tactile. (Ça aurait été étrange de m'attendre en ayant le nez dans sa tablette d'abdos…) En m'approchant de lui, je me fais cette remarque…

« Pas mal du tout cet être humain de 206 os, 639 muscles et 7 200 terminaisons nerveuses ! »

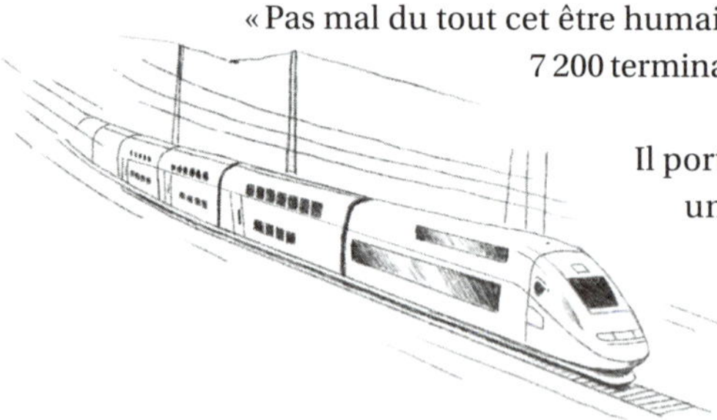

Il porte un costume bleu marine, une chemise bleue (bleue…, bleue quoi) et des baskets beiges (zut… pourquoi pas bleues ?). Impossible de me souvenir de lui, son

visage ne me dit absolument rien. Bizarrement, il me fait même penser à quelqu'un d'autre… Mais à qui ? Bonne question ! Qui mérite une réponse, que je n'aurai pas… Ni Wikipédia.
Dix ans sont réellement passés. (On s'était pas dit rendez-vous dans dix ans.) Après s'être remémorés les souvenirs chiants et boutonneux du lycée (qui confirment, une fois de plus, qu'on a bien été au lycée ensemble), on papote de nos vies respectives et on fait des résumés des meilleurs moments de nos vies. Je ne manque pas l'occasion de lui raconter ma dernière réussite en date : ma flammekueche aux fruits ! Alors que je lui parle de mon fameux mélange fromage blanc - crème fraîche pour la base de la flammekueche, Ben me dévore des yeux. J'ai l'impression d'être une belle fraise toute rouge, toute juteuse, qu'on va délicatement déposer sur une belle base de flammekueche (base préparée avec amour). Il fait chaud tout d'un coup, j'ai besoin de me désaltérer. J'appelle le serveur pour commander un Orangina. (Boisson à mon image : pulpeuse. Et non pas : gazeuse…) J'ai à peine avalé cette gorgée échappatoire que Ben se lève de sa chaise pour m'embrasser par-dessus la table. (Quelque chose me dit que la pulpe va pas rester en bas.) Je ne suis pas contre. Ce n'est pas tous les jours qu'un homme aussi beau que sa maison m'embrasse ! Ensuite, il enlève la veste de son costume (toujours bleu marine), déboutonne les manches de sa chemise (toujours bleue) pour les relever et il déplace sa chaise pour s'asseoir à côté de moi. (La maison sait se vendre !) Tout d'un coup, un flash de bleu percute ma personne : Ben m'embrasse dans le cou. (Baiser qui me fait oublier le flash de bleu.) C'est assez langoureux… Vraiment langoureux… Est-ce qu'il est au courant qu'on est dans un lieu public ? Ensuite, il prend sa tablette (tactile) et il me montre les photos et les vidéos de sa maison, en commentant absolument tout, même les plus petits détails. (Il cherche à me la vendre ?) C'est comme dans un film, il a tout prévu. (Et tout est bleu !) D'abord, la maison vue de loin, avec une photo du portail et une de la boîte aux lettres. (Par contre, pas de photo de l'intérieur de la boîte aux lettres… Va com-

prendre… Il n'est finalement pas dans les détails…) Puis des photos du jardin avec la petite mare et de la véranda : vue intérieure et extérieure, bien sûr, mais aussi vue selon les différents coins de la pièce… (Ah, en voilà du détail. Je retire ce que j'ai dit.) Puis des photos de la terrasse, de l'abri de jardin, des plantes, de la piscine, des dalles de la piscine. (Ça s'appelle des margelles… Idiote avec du vocabulaire que je fais !… Il me semble avoir une amie bobo qui a appelé sa fille Margelle…) Il caresse mes cheveux et me demande si ça me plaît. Je fais la fille habituée à tout ça : de manière calme et posée, je réponds « oui ». Ben saute de joie. Il me fait un bisou esquimau, puis il me demande si ça me plaît. Je refais la fille habituée à tout ça : de manière calme et posée, je réponds « oui ». Ben saute de joie. Il pousse les chaises pour se créer un petit espace et il fait le poirier, puis il me demande si ça me plaît. Je re-refais la fille habituée à tout ça : de manière calme et posée, je réponds « oui ». Ben saute de joie. Il me serre fort dans ses bras et il me demande en mariage. (Hein ?) Je re-re-refais la fille habituée à tout ça : de manière calme et posée, je réponds « oui ». (Hein ?) Vive les mariés ! Vive les mariés qui ne se connaissent pas ! Qui se disent « oui » pour un poirier… Mais c'est la plus belle maison de ma vie !
Ben a les larmes aux yeux. Il est si ému… C'est beau comme moment. Puis il m'embrasse fougueusement et il va nous chercher du champagne. Je saute aussitôt sur mon téléphone portable pour appeler ma petite sœur, il faut que je lui annonce la bonne nouvelle !
D'abord, je crois que la communication a été coupée. Et puis je reçois un message de sa part et je comprends qu'elle m'a raccroché au nez. (Mais pour qui elle se prend ?) Elle dit que je suis d'une tristesse et d'un désespoir sans nom et qu'il est important que je lise ce message plusieurs fois. Je rêve, ou elle me juge alors que c'est le plus beau jour de la plus belle maison de ma vie ? Elle ne sait pas ce qu'on vient de vivre ! Si j'avais filmé ma demande en mariage, j'aurais gagné au minimum 1 000 followers ! Ce n'est pas rien ! Est-ce qu'elle est jalouse ? Est-ce qu'elle dit ça parce qu'elle n'a rien à se mettre pour la cérémonie ?

Pourquoi elle dit « sans nom » ? (On a quand même le même nom de famille !) En un seul et unique message, ma petite sœur me chamboule complètement. (Note à moi-même : ruiner son anniversaire !) On va se marier. Point.

Avec un énorme sourire aux lèvres, Ben revient à notre table avec deux coupes de champagne. (Note à moi-même : il aurait pu acheter une bouteille...) On déguste ce breuvage festif, puis je l'accompagne à la gare. À peine est-on arrivés, il saute dans le train, direction Amsterdam, puis un second l'amènera à Amstel. (Oui, on va se marier, mais pas dans la minute, on est pas à Las Vegas.) J'attends seule sur le quai que son train parte... Quatorze minutes plus tard, il démarre et mon futur mari retourne chez lui. En marchant vers la sortie, j'imagine la cérémonie...

« Voulez-vous prendre Ben A... A... ... ... »

Zut ! Je ne connais même pas le nom de mon futur mari !

Plus les jours passent, plus la joie descend.

Au-delà de ne pas connaître mon futur époux, ni son nom de famille (j'ose pas lui demander, ça fait vraiment trop désespérée d'avoir dit « oui » pour la vie à quelqu'un dont on ne connaît même pas le nom de famille...), je réalise que pour moi qui n'aime pas trop me déplacer, ça ne va vraiment pas être pratique : 400 kilomètres nous séparent, c'est pas rien, alors je lui téléphone pour en parler. Il me dit qu'il arrive. (Il veut des points Miles ?) J'étais prête pour une discussion téléphonique, pas pour le voir débarquer, alors vite, j'accroche un tablier à ma taille pour simuler une laborieuse matinée de pâtisserie et j'asperge mon appartement d'un parfum

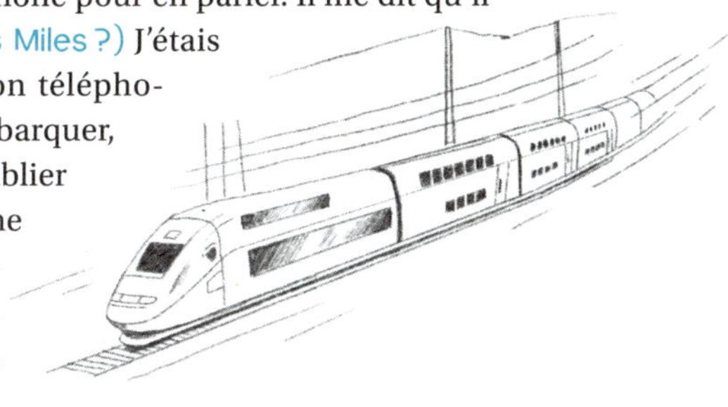

senteur « crumble aux pommes ». Tout ça parce que je pense qu'il va frapper à ma porte dans dix minutes... J'attends à la porte, un verre de vin blanc à la main...
Six heures plus tard, monsieur daigne arriver (tout de bleu vêtu). Ben est rassurant. Il dit que tout va bien se passer, qu'il va demander à être muté près de moi et qu'il a décidé de garder la maison pour qu'elle soit notre résidence secondaire. Il me montre une nouvelle fois les photos du jardin avec la petite mare, du portail et de la piscine. Il nous imagine passer de superbes moments dedans et il me raconte notre vie future. Bon... S'il insiste... Gardons-la ! Puis il s'arrête d'un coup net et lance...

« Je t'ai déjà parlé du porte-serviette chauffant dans la salle de bain ? »

Comme je réponds par la négative, il se lance, avec une sensualité incroyable, dans sa description. D'abord sa couleur, sa matière, sa place dans la salle de bain. Puis il me donne tous les détails du thermostat réglable et, enfin, il me décrit la sensation incroyable de trouver chaque jour une serviette chaude en sortant de la douche. (Je suis tombée sur un fétichiste, c'est ça ?) Force est de constater que cet homme pourrait vendre n'importe quoi... En même temps, j'ai accepté pour un poirier...
Le prochain train pour Amsterdam n'étant que le lendemain, on a tout notre temps Ben et moi. Sauf que je ne sais pas quoi lui dire... Me lancer dans l'énumération de tous les porte-serviettes chauffants disponibles sur Leboncoin, Vinted et autres marchés locaux ? Me renseigner pour savoir d'où provient le mot « margelle » ? Découvrir si Ben sait que d'autres couleurs que le bleu existent ? En réalité, on ne se connaît plus du tout. Et en réalité de chez réalité, je ne me souviens même pas de lui, je ne le connais pas du tout. Dix ans d'eau qui ont coulé sous des ponts oubliés, ce n'est pas rien. Lui non plus n'a rien à me dire... Est-ce que si je demande à revoir les photos et les vidéos de la maison, il va penser qu'il n'y a que ça qui m'intéresse ? Pour briser ce silence angoissant, je

tente le tout pour le tout. Après tout, c'est de la même époque… L'époque « lycée »…

« Ben, tu penses quoi de la vaseuse Mélissa Frégé ? »

Hein !!! Quoi ???
Je rêve !!! Vraiment ???

Comment ça, la boueuse Mélissa Frégé est sa sœur ? (Miséricorde ! Outrage !) Mais… Je ne me souviens pas que la suffocante Mélissa Frégé ne m'ait jamais parlé de son frère ! Après, c'est vrai que mes souvenirs du lycée sont peu nombreux. Je peux les compter sur un doigt… À vrai dire, à part de la paresseuse Mélissa Frégé, je ne me souviens pas de grand-chose. Mais, justement, l'indisposée Mélissa Frégé s'appelle Frégé, Ben s'appelle « Ben A. » sur Facebook, il ne porte pas le même nom de famille qu'elle ! Qu'est-ce que c'est ce bazar ? Il faut que je mène une enquête plus tard. Pour l'instant, l'heure est grave : la bourbeuse Mélissa Frégé va devenir ma belle-sœur ! Je bogue tel Myspace. (Ça veut rien dire mais je me comprends.) Le seul point positif à ça : je vais pouvoir me venger en lui faisant boire du thé, beaucoup de thé ! (Mais quand même : « Pourquoi Seigneur ? »)
J'aurais peut-être dû poser plus de questions avant de dire « oui » pour la vie… Enfin des questions sur d'autres sujets que sa maison. Ah mais ça y est, c'est pour ça qu'il me fait penser à quelqu'un, il me fait penser à l'affolante Mélissa Frégé ! (Ô rage, ô désespoir !) Dans quelle situation bizarre je me suis fourrée, moi ? Tout est complètement bizarre en fait ! Aussi bizarre que faire 400 kilomètres pour

me montrer des photos de sa maison plutôt que de m'y inviter pour la voir ! Ben m'a tout servi sur un plateau en or, bien sûr que c'est la maison de mes rêves. Seulement, avoir comme seul et unique sujet de discussion avec mon mari l'extérieur de notre maison, c'est cauchemardesque comme conte de fées ! Discrètement, je tape sur Internet « questions à poser lors du premier rendez-vous », puis je questionne mon cher et tendre époux inconnu. Et avec une maison aussi merveilleuse, je m'attends à un propriétaire formidable. Malheureusement, je comprends vite pourquoi Ben passe plus de temps à parler de l'extérieur de sa maison que de son intérieur : il est négatif, chaotique, jaloux, méprisant, égoïste, inintéressant et maniaque. Il a un avis sur tout, refuse le débat, refuse également qu'il soit possible de faire autrement que comme lui a décidé (c'est bleu ou rien avec Ben !) et, comme si ça ne suffisait pas, il respire extrêmement bruyamment. (Il se réincarnera en Schtroumpf insupportable, c'est certain.) Sans compter qu'il est basé aux Pays-Bas… (Et même pas dans la capitale en plus !) Le lendemain, pour éviter de me faire à nouveau avoir par l'extérieur de la maison, j'attends qu'il soit dans le train pour le quitter. J'ai bien vérifié qu'il s'agit d'un train direct, sans arrêt. (Il aurait été capable de descendre et de prendre un train pour revenir ! (Note à moi-même : pour mon prochain mariage sur poirier, vérifier que l'océan me sépare du futur mari.) Sur le quai, avant de me diriger vers la sortie, je tape le message de rupture. Oui, c'est lâche, mais il est réellement insupportable, je n'ai ni envie ni besoin de savoir ce qu'il pense de ma décision, elle est prise. Et j'ai encore moins besoin de sa foudre sur moi. Suite à mon annonce de rupture, il répond qu'on apprendra à se connaître, qu'il faut laisser du temps. Ce n'est pas dans mes projets mais pourquoi pas… Laissons une chance au produit. Alors, je suis d'accord pour laisser une chance à cette histoire. Laissons faire le temps, calmons-nous, on n'a pas besoin de se marier aussi vite après tout ! Ma petite sœur a raison. Avec du recul, ça fait désespérée à mooort ! Bon, je ne ruinerai pas son anniversaire. Bien que la proposition de prendre notre temps vienne de lui, Ben refuse

mon refus de me marier avec lui. Il prétexte ne pas avoir le temps, il faut absolument qu'il se marie.
Oh oh…
S'il n'a pas de temps devant lui… C'est qu'il est malade ? Il ne lui reste plus beaucoup de temps à vivre ? Ça expliquerait son caractère si explosif et négatif. En lui demandant pourquoi « il faut » qu'il se marie, je me prépare au pire. C'est sûrement pour ça qu'il vend sa maison… Les secondes qui suivent sont les plus longues de toute ma vie. (Après celles où je fais du gainage en réalité…) Il met autant de temps pour me répondre que le chargement d'une série Netflix sous ADSL en temps de confinement. Quand je reçois enfin sa réponse, je me retiens de l'appeler pour l'insulter. Rien à voir avec une maladie grave ou un problème sérieux. Ben veut absolument se marier parce qu'il a 30 ans. Et qu'à 30 ans, il faut se marier. (Ah bon, c'est dans la loi ?) Comme tous ses amis le sont, et que lui non, il le vit atrocement mal. (Elle est cachée où la caméra cachée ?) Je le bloque, dé-suis, dé-ami, dé-followe, dé-snape, dé-facebooke, dé-gmaile, dé-tiktoke et je pars de la gare en furie. Comme si la vie, c'était des cases… Et surtout, comme si j'avais une tête à remplir une case ! Quel crétin ! (Il mérite bien d'être de la même famille que la putride Mélissa Frégé, tiens !) Heureusement, j'ai récupéré ma vie à temps ! Et je vais aller plus loin dans cette récupération de vie en me désinscrivant de Facebook, plus rien ne vaut le coup là-dessus. Mais j'espère quand même ne pas louper de choses inintéressantes en me désinscrivant.

Moralité

Il ne faut pas se laisser subjuguer par la beauté d'un terrain fleuri, arboré et clôturé, car ce qui compte réellement, c'est le chauffage central et la bonne isolation de la maison.

Ben en pratique

Maux croisés

Retrouve les mots : séparation, ex, jhallucine, pff, mouchoir, chocolats, ausecours, amour, larmes, cœur, brisé, cocu, loose, casos, aie, fin, nul, idiot, bye, noir, sot.
Une lettre peut servir plusieurs fois. Il te restera 6 lettres qui te donneront un mot, synonyme de ton ex. _ _ _ _ _ _!

N	O	I	T	A	R	A	P	E	S
B	R	U	O	M	A	F	F	P	R
S	T	A	L	O	C	O	H	C	U
A	I	E	O	U	N	I	F	S	O
R	U	E	O	C	U	U	C	O	C
B	Y	E	R	H	B	R	I	S	E
L	T	I	L	O	O	S	E	A	S
T	O	I	D	I	E	L	X	C	U
N	S	E	M	R	A	L	U	T	A
J	H	A	L	L	U	C	I	N	E

Grégoire en théorie

Grégoire

L'installation électrique

Quel bonheur d'être libre et de faire ce que je veux quand je veux! Je peux porter une chaussette et une socquette en même temps, me créer des amis-meubles (qui n'a jamais eu envie de parler à un guéridon ?) et faire des expériences culinaires intenses (du type Twix au barbecue !).

J'ai beau avoir l'âge où tout le monde se case dans une case (et où tout le monde veut me caser dans une case, alors que moi je ne veux pas de case), je me sens parfaitement bien à m'écouter plutôt que d'écouter la société. J'ai toujours été plus « jeu de société » que « société ». Alors c'est décidé. Désormais, rien ne m'arrêtera sur le chemin de la liberté ! (Chemin sur lequel j'espère ne pas croiser la nauséeuse Mélissa Frégé !) Plus rien à faire de plaire aux gens, de dire ce qu'il faut et de ne pas dire ce qu'il ne faut pas, il est l'heure de s'assumer intégralement. Mais je ne suis quand même pas prête à poster une photo où je ne suis pas maquillée sur Instagram. Cela dit, je peux faire un effort et ouvrir en grand ma fenêtre un matin afin de montrer à mon quartier *my morning face no filter*. Je peux me préparer à le faire. Et ce sera avec plaisir, il faut s'assumer ! Mais, manque de bol, ma fenêtre est coincée, je ne peux plus l'ouvrir. Quelle déception pour les gens de mon quartier...

Après plusieurs jours passés à ne rien faire parce que je n'ai rien envie de faire (même rien faire, j'ai pas envie de le faire...), je me fais la remarque suivante : être en inactivité me convient parfaitement. (Je réalise alors que je me suffis à moi-même.)

Je traîne sur Instagram. Force est de constater que le ménage fait dans ma vie doit aussi être fait dans ma vie virtuelle, ras le bol de suivre des comptes parce que c'est en vogue (alors que moi je sais pas voguer !), ras le bol de suivre tous ces gens que je n'ai croisés qu'une seule et unique fois dans ma vie (ras le bol que ZouzouWise ait une meilleure vie que la mienne !), ras le bol des challenges du type « poste une photo de toi bébé » pour ensuite lire...

« Oh là là ! Quand tu étais bébé, tu étais petite ! »

Oui, comme tout le monde...
... ras le bol d'avoir une vie virtuelle qui n'est pas à mon image : honnête avec moi-même, ras le bol d'en avoir ras le bol sans même avoir un paquet de chips à proximité pour me consoler. (Petite parenthèse : qu'elle doit être difficile, la vie d'une chips. On te sort de ton bain de terre où tu es tranquillement installée avec tes copines patates, on te fait subir un « relooking extrême » qui te fait perdre 99 % de ton poids. On te sale, te saupoudre d'épices « barbecue » – le Chanel de la pomme de terre – et on te met dans un paquet où tu retrouveras tes anciennes BFF, sans savoir que la prochaine fois que tu sortiras de ce paquet, ce sera pour un apéritif dont tu reviendras pas. Bye bye les BFF !)
Bon, il faut que je passe à l'action si je ne veux pas finir comme une chips. Je passe donc d'inactivité à activité. Bien qu'il soit bizarre de considérer que se servir de son pouce sur un écran de téléphone soit une activité... Mais c'en est bel et bien une. (Je peux peut-être devenir professeure de « pouce tactile ».) Je passe de « suiveuse » à « décideuse » : je me désabonne de tous les comptes pour lesquels je n'ai aucun intérêt.
Ça y est, j'existe ! (Je ne me suffis pas tant à moi-même finalement...)
Je peux reprendre mon analyse des réseaux sociaux. Ou pas, remarque. Je n'ai pas autre chose à faire ? Comme réouvrir mon compte sur Facebook, histoire de vérifier ce que j'ai loupé ? Allez, juste une minute ! (Me voilà aussi faible que l'esclaffante Mélissa Frégé...) Je parcours les notifications que j'ai reçues. Est-ce qu'au moins quelqu'un s'est rendu compte que je n'étais plus sur Facebook ?! C'est incroyable que les gens ne fassent pas attention à moi alors que je les ignore... Parmi mes notifications, une invitation à une exposition, à un atelier créatif, à un concert et à une lecture. (Non.) OK, je ne loupe absolument rien à ne pas être présente sur ce réseau, je me désinscris à nouveau. (Me voilà plus forte que l'évanescente Mélissa Frégé !)
Et puis, comme si la vraie vie voulait me prouver que dans celle-ci,

les gens pensent à moi, je reçois un message d'un ami. Il me parle d'un concert qu'il organise la semaine prochaine et il me demande si je veux y être invitée. Comme je n'ai aucune idée de ce que j'aurais envie de faire dans une semaine, je réponds « oui », histoire d'assurer mes arrières. Mais quand même, une semaine à attendre ! (Il aurait pu me prévenir la veille.) Peut-être que c'est l'occasion d'avoir une vraie réflexion sur moi, donc sur ma vie, et de développer mon futur ?
Jour 1 : il me reste six jours à attendre...
Jour 2 : et si j'ouvrais une boutique de fringues à mon image ? Je pourrais l'appeler « Style et Chevelure ».
Jour 3 : j'ai envie de chips.
Jour 4 : j'ai vraiment pensé à ouvrir une boutique « Style et Chevelure » ?
Jour 5 : j'ai réussi à décoincer ma fenêtre ce matin ! J'ai pu montrer à mon quartier *my morning face no filter*.
Jour 6 : j'ai re-coincé ma fenêtre ! Zut ! Et dans le mauvais sens en plus... J'ai eu froid toute la nuit.
Jour J : enfin ! Je ne veux plus jamais rester seule avec moi-même à attendre une semaine pour un événement musical.
Le jour du concert, j'ai envie d'y aller ! Donc j'y vais.
Autant je ne connais personne dans la file d'attente, autant à l'intérieur c'est tout l'inverse : il y a plein d'amis à moi que je n'ai pas vus depuis longtemps. (Des connaissances du coup...)
Contente et pleine de joie, je vais leur dire bonjour. Revoir des têtes qu'on n'a pas vues depuis longtemps, c'est cool ! Enfin cool... Pendant six secondes, jusqu'au moment où arrivent les discussions pompantes de mises à jour de nos vies parce que mille ans sont passés depuis la dernière fois où on s'est vus. (On est devenus des connaissances du coup.) Parler du passé, ressasser les souvenirs, raconter ce qu'on devient m'ennuie profondément. Les trois en même temps me font hyperventiler ! C'est sympa quand il s'agit de nos vrais amis. Quand, au détour d'une discussion, l'un lance...
« Vous vous souvenez de la fois où ma mère m'a engueulé parce que

j'avais mouillé les bouteilles de shampoing en prenant ma douche ? »

Là, non seulement on se marre, mais ce souvenir lance une nouvelle discussion pleine de vie, bien qu'on parle du passé. Ça, c'est chouette. Mais chercher des souvenirs pour avoir quelque chose à se dire, très peu pour moi. Je laisse ça aux autres. C'est un peu comme un don de son corps à la science mais en faux et sur un autre thème. (La puérile Mélissa Frégé n'en ferait pas autant…) Ce que j'aime, c'est créer des souvenirs, profiter, je me fiche royalement de qui a fait un crédit pour acheter un appartement et de qui veut changer de boulot pour telle ou telle raison. (À ne rien vivre ensemble, il ne faut pas s'étonner si on devient des connaissances.) Je suis moins contente et moins pleine de joie, c'est ennuyant. (Il ne manque plus que l'insalubre Mélissa Frégé et le compte est bon !)

Alors que j'hésite entre compter les lumières au plafond, compter les bouteilles exposées derrière le bar ou utiliser « coin-coin plafond », je suis happée par une tête familière, au loin. J'ai l'impression que cette tête se rapproche de moi. Je ne rêve pas, elle se rapproche de moi. Enfin, il.

C'est Grégoire. Il tombe bien ! Je ne l'ai pas vu depuis au moins cinq ans et je le revois pile-poil quand je n'en peux plus de ma vie. Enfin non, quand je n'en peux plus des gens, personnellement j'allais passer un super moment à compter des trucs !

Grégoire est content de revoir ma tête qu'il n'a pas vue depuis longtemps. (Au moins cinq ans donc.) Moi aussi je suis contente. Mais face à ce constat : les discussions avec les gens que je n'ai pas vus depuis longtemps (au moins cinq ans j'imagine) sont horribles, j'ai peur de ce qu'il va bien pouvoir me dire… À moins que je prenne la situation en main et que je lance un battle de citations du dalaï-lama ? Mais je connais mon entourage : loin du plus bankable des Tibétains… (Mon entourage est plus spiritueux que spirituel.) Arrivé devant moi, Grégoire ne peut pas en placer une parce que les cris des autres humains présents dans la salle prennent le dessus sur les discussions bruyantes (et inintéressantes). Ça annonce le début du concert. Sauvée ! Ah non… Grégoire reste à côté de moi et se tourne vers la scène. Zut, moi qui voulais tranquillement chanter fort (et faux), c'est embêtant s'il reste là, près de moi. Je ne le connais pas en réalité, on ne fait que se croiser comme ça depuis des années. Enfin non, on s'est beaucoup croisés, puis plus du tout (ça date d'il y a au moins cinq ans…). Je dois faire une tête pas possible en l'entendant chanter fort (et faux), car il me lâche un « ben quoi ? » accompagné d'un grand sourire. (Elles sont hyper-blanches ses dents, dis donc ! Il faut que je lui demande le nom de son dentiste. Et pourquoi pas le nom de ses dents ?) Je réponds en chantant à mon tour fort (et faux). Et puis, pour ne pas trop le copier non plus (pas qu'il pense qu'il est mon modèle, mon mentor), je lui souris mais sans montrer mes dents. (C'est pas un concours de blancheur de dents après tout. Et c'est pas non plus la partie la plus blanche de mon corps – mais je me vois mal soulever ma jupe pour dévoiler mes fesses immaculées…) On passe tout le concert comme ça, c'est vraiment marrant. Et, une fois les artistes sortis de scène et les lumières rallumées, on se dit « à bientôt ». En voilà une bonne soirée ! Je rentre chez moi, ce nouveau souvenir dans la tête. La soirée avait pourtant très mal commencé… Pendant que je me démaquille, je vois mon sourire dans le miroir, quelle joie d'avoir une connaissance cool. Je suis si heureuse d'avoir une connaissance qui relève le niveau dans mon entourage que je me mets à danser en mettant mon pyjama. Il s'agit du pyjama Mickey que ma mère m'a offert il y a des années. Comme je rentre encore dedans : pourquoi en acheter un nouveau ? (Peut-être parce qu'il est troué de tous les côtés, non ?) Dans mon lit, je cherche mon téléphone portable pour le mettre en mode avion. Il faut vraiment que j'arrête de le jeter sur mon lit, à chaque fois je passe des heures à le chercher… Une fois le téléphone trouvé, je m'installe confortablement et je tape le code pour le déverrouiller. (Non, j'ai pas fait deux crédits pour avoir le dernier iPhone à 8 000 €, je n'ai pas

l'identification faciale.) Quelle surprise de recevoir un message à cette heure-ci. Et surtout, un message de Grégoire !
OK, cette soirée avec lui a été un super moment, mais ce n'est pas pour autant que je m'attendais à un message. C'est bien le même Grégoire ? Combien je connais de Grégoire ? C'est pas Grégoire le chanteur ? En même temps je ne connais pas Grégoire le chanteur...
Si ça ne faisait pas aussi mal, je me serais pincée pour être sûre que je ne rêve pas. À la place, j'élabore une stratégie : je regarde mon téléphone, puis je regarde ailleurs quelques secondes, puis je regarde à nouveau mon téléphone, puis je regarde ailleurs quelques secondes, et ainsi de suite pendant cinq minutes. Mon écran reste le même, j'ai donc bien reçu un message de Grégoire. Puis, pour en être vraiment sûre et certaine, je me caresse tendrement l'avant-bras, oooouh ! (Plus agréable que de tourner sa tête de nombreuses fois et de se pincer...) Je ressens la sensation, donc c'est certain : je ne rêve pas. Après, il faut que je me calme, ça reste un message. Grégoire me dit qu'il a passé une soirée cool avec moi, et que ça serait encore plus cool d'aller boire un verre. Je suis encore plus surprise ! Mais moins surprise que la fois où j'ai essayé le tatouage semi-permanent des sourcils. (Non.) Grégoire est loin d'être moche, et vu la soirée qu'on a passé ensemble, il faudrait être folle clinique pour refuser. Alors, surprise positivement par ce message inattendu qui ne surgit pas hors de la nuit, je réponds avec toute la poésie qu'on me connaît, avec deux lettres : un O et un K. (OK quoi.)

Trois jours plus tard, l'heure du verre sonne.
J'opte pour une tenue à l'image de notre soirée passée ensemble : une tenue cool. Un jean noir slim (mais pas slim « rôti de dinde » où tu vois absolument tous les défauts), un T-shirt blanc et une veste à sequins couleur « queue de sirène » (bleu-violet-rose). Comme je suis perfectionniste, je change de vernis à ongles. Je passe du rouge vif au rouge bordeaux. (Détail qui fait la différence.) Et puis je m'accessoirise

un peu : bracelet, collier, montre, bague, barrette dans les cheveux, sac, faux tatouages et parapluie. (Le strict minimum.) J'hésite entre chaussures plateformes et talons hauts. De quelle humeur je suis ? Je tire à pile ou face (plus rapide que de m'autoanalyser, humeurement parlant) : me voilà sur des échasses. Je défie quiconque de marcher avec ce genre de talons hauts (20 centimètres) et de m'affirmer qu'on n'a pas l'impression d'être sur des échasses (même la suppliante Mélissa Frégé le confirmerait). J'ai donné rendez-vous à Grégoire près de chez moi. (Je préfère que les autres se déplacent plutôt que moi.) Les quatre heures qu'on passe ensemble assis à la terrasse d'un bar passent en quatre minutes tellement nos échanges sont naturels et amusants. Le plus kiffant ? Il ne sort pas son téléphone portable de la soirée, il est tout pour moi ! (Ou peut-être qu'il n'a plus de batterie.) Il propose de me raccompagner chez moi. Je redeviens poète l'espace d'un instant pour lui livrer mes deux lettres préférées (OK quoi !). On marche bras dessus, bras dessous jusqu'à chez moi. Arrivé en bas de mon immeuble, il me demande s'il peut monter. (Il veut peut-être recharger son portable ?) Pendant qu'on monte les escaliers, je me demande ce que va être la suite de notre soirée. Je vis avec mon temps, je ne sais que faire venir ou aller chez quelqu'un que je ne connais pas beaucoup et qui me plaît… passé une certaine heure, laisse sous-entendre des choses interdites au moins de 18 ans. (Merci qui ? Merci Jackie et Michel !) Après, oui on s'entend bien, mais ce n'est pas comme si soudainement j'avais envie de me marier avec lui ! Je décide que l'avenir nous le dira… Et l'avenir c'est dans deux minutes.
Deux minutes et une soirée dans la soirée plus tard (la soirée passée chez moi donc : on a parlé, on a rigolé et on a regardé des bêtises sur Internet, alors que j'ai horreur de ça normalement !), il est l'heure pour lui de remettre ses baskets et de partir. Il dépose un baiser « mi-joue mi-lèvres » sur moi et il disparaît dans les escaliers sans se retourner. Eh bien, c'est un vrai Kinder ! (Surprise !)
Ravie de la soirée, je me couche tout émoustillée. Et puis quel gent-

leman, il n'a fait aucune remarque désobligeante à propos de mon appartement ! (De mon studio, le mot approprié est studio.)

Quelques jours après, je rejoins Grégoire pour boire un verre. (C'est fou le nombre de verres qu'on boit quand on y pense.) Cette fois-ci, il m'a donné rendez-vous près de chez lui. Je vais donc faire mon premier effort de l'année en me déplaçant. Du coup, je troque mes talons hauts pour des baskets. (Il ne faut pas abuser, je ne vais pas parcourir la ville perchée dessus. Près de chez moi : d'accord. Tout ce qui dépasse mon périmètre, donc 50 mètres : pas d'accord.)
Au bar, on boit deux verres (parce qu'on a deux jambes, dirait ma grand-mère), puis il me propose de le raccompagner. Nous revoilà bras dessus bras dessous. (Si, un jour, j'écris une comédie musicale, le rideau s'ouvrira sur cette scène : un couple qui marche gaiement bras dessus bras dessous dans la rue, en se faisant des bisous « mi-joue mi-lèvres ».) Arrivé en bas de son immeuble, il me demande si je veux monter. (Je dois recharger mon portable ou pas ?)
Chez lui, Grégoire me raconte qu'il a acheté cet appartement il y a quelques années, il m'explique comment il était avant son arrivée et tout ce qu'il a refait. C'est très joli, assez sobre mais cosy. Il y a même un vaisselier dans la salle à manger, personne de mon entourage n'a de vaisselier ! Il faut que j'emploie le mot « vaisselier » plus souvent. C'est quand même dingue : chaque chose a son meuble de rangement ! (Il faut absolument créer un Mélissafrégétier.) Après la visite guidée, il me demande si je peux mettre la table pendant qu'il s'occupe du repas. Oh mon Dieu, je vais toucher le vaisselier ! Est-ce que je suis prête ? Telle une reine qui sort sa couronne du dressing (où se rangent les couronnes ?), j'en sors deux assiettes. Je les amène à table la tête haute et le front relevé. (Tel un vaisselier quoi.) Et puis je vais chercher les couverts et les verres dans la cuisine. Grégoire est derrière les fourneaux. La surprise de la soirée est le repas qu'il me prépare : sa

spécialité. (La vraie surprise de la soirée est de voir un vaisselier, oui !) Comme il y a des couvercles sur les casseroles et les poêles, je ne peux pas choper d'indice sur le plat que je vais manger. J'espère seulement que c'est cuit, je déteste ce qui est cru ! (Enfin sauf les légumes et les fruits, là d'accord.)
Je m'assois à table et je regarde autour de moi. Il est vraiment joli son appartement. Et cette verrière, quelle galère ça doit être à nettoyer, mais qu'est-ce que c'est joli ! Je l'entends crier que c'est prêt. Et puis je le vois arriver, son plat dans les mains. C'est moi, ou ses gants à four sont parfaitement assortis à sa verrière ? Il pose le plat sur la table, puis il va chercher une bouteille de vin. Il s'assied en face de moi et me sourit tendrement. Alors que je ne tiens plus (la curiosité et l'odeur, ça sent super bon !) et que le geste de son bras me laisse penser qu'il va ôter le couvercle du plat, il se lève en s'appuyant à la table et il retourne dans la cuisine pour lancer le lave-vaisselle. (Ça doit être une urgence...)
Il revient, m'embrasse, puis s'assied en face de moi et, enfin, il ôte le couvercle de son plat : des pad thaïs ! Ce fameux repas thaïlandais avec des cacahuètes, miam ! (C'est pas la fâcheuse Mélissa Frégé qui serait capable de cuisiner un plat aussi complexe.) Pendant qu'on déguste ce délicieux repas, on se pose les questions de base de découverte de l'autre : Café ou thé ? Lapin ou hamster ? Blanc cassé ou blanc écru ? C'est là que j'apprends qu'il vient de se séparer, après cinq ans de relation. Ça devait être un bel appartement pour y rester cinq ans... Soudain, il se lève pour allumer une lampe néon en forme de palmier. Elle ne va pas du tout avec le vaisselier mais c'est beau quand même. Je me demande si c'est un signe, une sorte de top départ pour lancer le sujet de discussion si important de l'installation électrique. Je saute dans le bain et je le noie de questions : Elle date de quand ton installation électrique ? Pourquoi le courant ne passait plus ? Tu changes souvent les fusibles ? Qui a court-circuité l'autre ? J'apprends aussi que c'est suite à sa rupture qu'il recommence à sortir, d'où le concert où on s'est revus. Et aussi, d'où le fait que je ne l'ai pas croisé depuis des années

(cinq ans donc). Il se lève à nouveau et allume une lampe marocaine. Elle ne va ni avec le vaisselier ni avec la lampe néon mais c'est beau quand même. Et puis il débarrasse la table et propose d'aller au salon pour le dessert : une salade de fruits maison. (Dire que je ne peux même pas faire ça chez moi... À la rigueur, je peux proposer de manger l'entrée sur l'aile est de mon lit, puis le dessert sur l'aile ouest. Je peux aussi créer des montagnes et des vallées en couette, ça fait voyager !)
Quand il apporte les bols, je suis étonnée de la couleur de la salade de fruits : blanche. Je demande des explications, je suis aventurière mais quand même, la couleur ne va pas avec le dessert. Il ne veut pas me dévoiler son secret. Alors j'insiste en jouant de mes charmes : il cède. Son secret : il ajoute du yaourt à la salade de fruits. (Haaa. Pas de quoi faire un secret mais d'accord. Il m'a dit ça avec tant de mystère que je m'attendais à de la cocaïne... Minimum !) Ensuite, Grégoire me parle de tous ses projets professionnels, il m'explique aussi qu'il veut faire de la musique, voyager et qu'il s'est inscrit dans une salle de sport. Me parler de sport lui rappelle qu'il faut qu'il lance une machine à laver, alors il file dans la salle de bain. On n'a pas les mêmes associations d'idées du tout ! Moi, si on me dit « sport », soit je pense à une partie de jambes en l'air, soit à un 110 mètres haies. (Avec des vomitives Mélissa Frégé à la place des haies. Un 110 mètres Frég-haies.)
Une minute après, le noir total. Encore une surprise ? Il a préparé un spectacle ? J'entends des pas, une porte de placard, un tiroir, le bruit d'une allumette qui craque et je vois une bougie s'allumer. Je chante immédiatement « joyeux anniversaire » (un vieux réflexe de nana branchée...). La bougie à la main, Grégoire s'approche de moi et me dit, tout désolé, qu'il ne sait pas comment remettre de l'ordre dans tout ça. (Eh oui, le noir fait peur... Mais où est passé le fun d'antan ?)
Je comprends donc que les fusibles ont sauté parce qu'il a allumé trop d'appareils en même temps. Comme ce genre de situation m'est déjà arrivé plus d'une fois, je sais exactement quoi faire. Alors, je le noie à

nouveau de questions : Quels appareils étaient en marche ? Combien de lampes étaient allumées ? Combien d'interrupteurs ? De prises électriques ? Est-ce qu'il peut me confirmer que l'absorbante Mélissa Frégé est une *** ? Tout ça, c'est juste pour être au courant, pour ne pas me faire électrocuter. La seule et unique vraie question pour ce problème de non-éclairage est : Où se trouve le disjoncteur ?
Après l'avoir trouvé par moi-même (et je pense qu'on peut m'applaudir), je remonte le petit bouton qui gère toute l'alimentation. Et la lumière fut.
On reprend là où on en était, mais comme on ne se souvient plus d'où on en était, on joue à un jeu. On prend les questions du jeu Pictionary et on se les pose. Et puis, quand on se rend compte qu'on préfère faire des choses non catholiques plutôt que de répondre à des questions sur le Moyen Âge, on se saute dessus. (Dans la comédie musicale, c'est le moment où tous les chanteurs et danseurs sont sur scène, le « feu d'artifice » avant l'entracte !)
Comme tout être humain rassasié, apaisé, détendu, relaxé et fatigué, on s'endort juste après. Et collés l'un à l'autre. (Ça ne m'arrive jamais ! Je déteste qu'on me colle quand je dors. Quand je dors, il faut me laisser tranquille. Mais là, avoir son bras sous ma nuque et me servir de son torse comme coussin ne me dérange pas... Eh ben alors ?)
Le lendemain, Grégoire m'apporte un café au lit. Il se couche à côté de moi et on papote. Ensuite, je prends une douche rapide, une photo du vaisselier discrètement (personne ne me croira jamais sans preuve...) et on se dit « à plus tard ». Et puis plus de nouvelles. Oh non, je commençais à m'attacher au vaisselier...
Je sors avec mes amies, une soirée « filles ». (Bien sûr que si, on a le droit de faire des soirées « filles » passé 25 ans...) Le bar dans lequel on se trouve est bondé de monde, on reste debout en attendant qu'une table se libère.
Trois verres plus tard, le serveur nous dit de le suivre, car, enfin, une table est libre. Il s'agit d'une grande table, comme celles qui se trouvent

dans les cantines. Nous voilà donc assises à côté d'un groupe d'hommes qui nous parlent en anglais (c'est pas pour le style, ils sont anglais). Ils nous offrent un verre (sympas les Anglais !).
Trois verres plus tard, le bar ferme. On a passé notre soirée « filles » avec une soirée « garçons ». L'un d'entre eux me demande mon numéro. C'est vrai qu'on s'est bien entendus. Mon anglais est bon, je l'avoue. (J'ai toujours été plus forte en langue que la menaçante Mélissa Frégé.) Alors je lui donne. Après tout, ça ne m'engage à rien.
Chez moi, couchée dans les plumes, je repense à cette soirée pleine de rebondissements en cherchant, une fois de plus, mon téléphone portable dans mon lit pour le mettre en mode avion. Une fois celui-ci trouvé, quelle surprise de recevoir un message à cette heure-ci ! Et surtout, un message de… Grégoire. Et mon Anglais alors, il ne pense pas à moi ? (Je suis certaine que même la débandante Mélissa Frégé pense à moi à cette heure-ci.) Il m'explique qu'il doute de son installation électrique. Bien sûr, il pense à du nouveau matériel, mais il est encore très attaché à l'ancien. Toutefois, il va quand même faire faire des devis et réfléchir. Il est sérieux à me raconter ça ? Il me prend pour son électricien ? J'éteins mon téléphone. Pas en mode avion, je l'éteins vraiment, cette action qu'on ne fait plus jamais. C'est comme ne plus avoir de batterie mais volontairement. Je décide de ne jamais répondre à son message, j'ai autre chose à faire. Surtout que chez moi, aucun circuit n'est défaillant, l'installation électrique est de bonne qualité ! J'ai un abonnement chez EDF, pas chez Maison du monde pour des bougies ! Mais s'ils offrent un vaisselier pour 50 bougies achetées, je veux bien m'abonner.

Moralité

Parfois, les rénovations ne sont pas aussi bien faites qu'on le pense.

Grégoire en pratique

La recette qui ne demande pas plus que 5 minutes d'engagement

« Pop », « pop », « pop » !
Si tu veux que le maïs éclate, voilà ce qu'il te reste à faire...

Ingrédients :

- Deux cuillères à soupe d'huile
- Une pincée de sel
- 30 g de sucre roux ou de sel
- 50 g de maïs

Préparation :

- Faire chauffer l'huile dans une casserole.
- Quand elle est chaude, ajouter les grains de maïs.
- Quand le maïs commence à éclater, mettre le couvercle et laisser « cuire » 3 minutes en remuant la casserole.
- Retirer le couvercle.
- Ajouter soit le sel, soit le sucre.
- Bien mélanger.

Et voilà !

Le compte est bon

Enfin, en supposant que je suis sortie de mon lit pour aller chercher la liste de mes ex dans mon sac à main, c'est-à-dire dans l'entrée, c'est-à-dire à dix pas aller-retour au moins. Huit logements différents, huit expériences différentes. J'ai fait le tour de chacun et je n'ai même pas mal à la tête. Champagne ! (Ha, ben non... Toujours pas.)

Il faut absolument que j'appelle ma petite sœur pour lui raconter tout ça. Mais avant, il faut vraiment que j'aère. (Ça pue le bouc ! Et quand même, il est temps de sortir de mon lit... J'ai oublié l'effet que ça fait d'être debout.)

Haaa.

Ça fait du bien ! Je vais m'étirer un peu...

Voilà... Et relâcher mon dos...

Me voilà comme neuve !

Hein ?

Pourquoi il fait nuit dehors ?
Le soleil a eu la flemme lui aussi ? Ils avaient annoncé une éclipse totale ? À moins que ce soit une éclipse totale surprise ? En tout cas, mon incompréhension est totale, elle. À moins que quelqu'un ait mit des volets en cachette à ma fenêtre et qu'il les ait fermés par l'extérieur ? (Qui fait ça ?)
Sérieusement, quelle heure il est ?
Ah, ça y est, je sais ! Pour savoir l'heure qu'il est : regarder le ciel !
Waaah… Il y a des étoiles et je vois la lune…
Alors, il fait vraiment nuit ?
J'ai réfléchi toute la journée ?
Je suis une psychopathe ! (Qui fait ça ?)
Ma petite sœur va royalement se moquer de moi. Et elle ne me croira jamais surtout, c'est évident. Vite, fouiller mon lit pour retrouver mon téléphone portable ! Ce genre d'histoire ne se produit pas deux fois dans une vie.
Alors, alors, où il est ?
Pas sous mon oreiller…
(Je ne peux pas compter sur mon oreiller pour me surprendre.)
Ah ! Trouvé !
Oh mais non ! J'ai oublié… Je n'ai plus de batterie…
Pourquoi la vie est si dure avec moi ? Pour une fois que j'ai réellement quelque chose à dire. Bon… Je n'ai plus qu'à retourner me coucher…
Non, non !
Ne pas faiblir à la première contrainte venue. (Je ne suis pas la cuisante Mélissa Frégé.) Je vais aérer ! Et en profiter pour récupérer mon chargeur dans mon sac à main, dans l'entrée. Alors, alors… Aérer… Ouvrir ma porte d'entrée, c'est fait. Maintenant, la bloquer grande ouverte avec mes chaussures. Les « coller » les unes à côté des autres au sol pour former une chaîne de chaussures… douze… treize… quatorze…

et quinze ! Le compte est bon pour immobiliser la porte. De loin ma meilleure technique trouvée. D'ailleurs, elle fonctionne si bien que quand je veux stopper l'aération, je galère à « casser » cette chaîne. Mais si je n'en mets que quatorze, ça crée un « vide », donc un battement possible, et la porte peut bouger. Alors, quand un trop grand courant d'air arrive, la porte bouge, prend de la force et tape dans la chaîne de chaussures, ce qui la brise. Donc je suis obligée de recommencer encore et encore… Et en plus, à chaque fois, ça me fait sursauter.
Maintenant, mon chargeur dans mon sac à main, dans l'entrée.
Est-ce que je jette un œil à la liste dans mon porte-monnaie ? Ce serait chouette de vérifier ! Mais qu'est-ce que je fais si je réalise que j'ai oublié un logement et qu'il est important ? Je ne vais pas réfléchir toute la nuit !
Bon, je la prends avec moi et je déciderai plus tard.

Bizarre comme ne rien faire de la journée m'a quand même fatiguée. Après, c'est pas la même fatigue que d'habitude. Est-ce qu'il existe une fatigue spécifique à la réflexion ? Si oui, je dois probablement en être victime.
Le lendemain matin, la lumière du jour commence à me réveiller (c'est confirmé : personne n'a posé de volets chez moi en cachette ni ne les a fermés par l'extérieur). Soudain, le bruit de la sonnette me fait sursauter. Je déteste être réveillée brutalement, c'est inhumain ! (Que ceux qui ont inventé tout ce qui réveille brutalement se dénoncent !) Et voilà qu'on sonne une deuxième fois. Ça doit vraiment être important parce que, sur ma porte d'entrée, il y a un Post-it éternel sur lequel j'ai écrit…

« Merci de ne sonner que si c'est réellement important. »

Tout le monde sait que si c'est écrit sur un Post-it, ce n'est pas à prendre à la rigolade et qu'il faut respecter ce qu'il y a écrit dessus. C'est quand même l'ancêtre des posts Instagram et Facebook, ce n'est pas rien ! Il mérite une prière...

Life is a mystery
Everyone must stand alone
I hear you call my name
And it feels like a Post-it

La sonnette retentit à nouveau. C'est qu'on se fait déranger même chez soi ! Pourtant je n'attends personne... Qui ça peut être ? Ma petite sœur ? (Non, je l'attends pas avant cet après-midi.) L'impénétrable Mélissa Frégé ? (Non, je l'attends pas avant la fin de ma vie.)
J'ouvre.
Quelle surprise ! Ma petite sœur. Je lui en veux de m'avoir réveillée brusquement mais je suis contente qu'elle soit là. Et elle tient un paquet cadeau dans ses mains ! (J'espère que ce n'est pas une photo de la néfaste Mélissa Frégé !) Oh !
Une batterie externe. Me voilà comblée, au comble du comblement ! (Si un jour je fais un film, je l'appellerai « The greatest comblée woman ».) Elle est chou quand même ma petite sœur. (Et enfin elle a compris qu'il ne faut pas m'apporter de nourriture, c'est pas trop tôt !)
Je dois l'avouer, j'ai appris énormément de choses grâce à elle. La principale étant de me laisser la chance de trouver un logement qui corresponde réellement à mon idéal masculin. Et donc de prendre le temps de savoir ce qu'est mon idéal masculin.
Pour la première fois de ma vie, j'ai envie de lui dire merci. C'est comme dire « je t'aime », c'est vraiment pas facile quand c'est sincère... Ça prend quelques secondes... Quelques minutes... Et avant que ça prenne des heures, je me force et je crie : « Merci ! »
D'abord, elle sursaute. Puis elle me serre très fort dans ses bras et murmure qu'elle est fière de moi. (Ses mots ne me touchent pas autant que s'ils venaient de la bouche de Beyoncé, mais ils me touchent

beaucoup quand même.) Pour la première fois de ma vie, je ne suis pas engoncée dans ses bras, elle serre moins fort, je peux respirer. Je respire même divinement bien. (Note pour moi-même : écrire un livre « Respirer divinement bien pour ceux qui respirent normalement ».) Quel joli moment on vit et quelle chance on a : chacune a été le modèle de l'autre à un moment donné. Elle m'a appris la vie, je lui ai appris à fourrer les olives… La boucle est bouclée, un vrai conte de fées. (Ou presque.) Nous sommes deux soooeeeurs juuumelles ! (Ou presque aussi.) Puis elle se lève et se dirige vers la fenêtre. Elle veut aérer. (Qu'est-ce qu'elle a contre les boucs ?) Je l'informe que la fenêtre est bloquée et, je ne sais pas ce qu'elle fait, elle l'ouvre. Ma petite sœur est donc Chuck Norris. Décidément, beaucoup de monde vit en elle ! Spirituellement parlant. (J'ai peut-être été trop explicite lors de mes sessions de fourrage d'olives…) Et puis, avant même d'avoir eu le temps de lui raconter tout ce que j'ai à lui raconter, elle s'en va. (Mais pour qui elle se prend ?)

En allant à la fenêtre pour prendre l'air, je réalise que ma petite sœur est un peu la grande sœur que je n'aurais jamais… Du haut de ses 19 ans, elle m'a beaucoup rassurée, boostée, motivée, donné envie de danser et de chanter. *It's Britney bitch !* (Note à moi-même : *it's the éléphantesque Mélissa Frégé bitch !* ne fonctionne pas du tout, mais alors pas du tout !)

Je regarde le ciel bleu et je respire.

Waouh ! Ça fait des années que je n'avais pas respirer à ma fenêtre. Cinq ans précisément. (Oui, car j'ai bloqué cette fenêtre le jour où j'ai emménagé. Je ne sais pas ce que j'ai fait mais je n'ai plus jamais réussi à l'ouvrir. Il y a des mystères dans la vie. Précisément, il y en a trois : ma fenêtre, mes voilages et la vie de l'opposante Mélissa Frégé.)

Une fois remplie d'air frais, je décide de regarder ma liste… De course :

- Pain
- Beurre
- Vin blanc

- Vin blanc
- Vin blanc
- Une caisse de vin blanc
- Chips

Moins attrayante que ma liste d'ex…

Il est temps de la regarder cette liste, LA liste. Après tout, je l'ai justement faite pour me souvenir de toutes mes expériences. Je la déplie tout doucement, comme si j'étais l'actrice principale d'un film à gros suspense. (C'est comme un film à gros budget mais en suspense.) Je souris en voyant tous ces prénoms. Que de souvenirs ! Des bons et des mauvais, des époques et des envies différentes, des visions singulières de la vie.

Francis, Matteo, Thomas, Diego, ils sont tous là ! Et il y a les autres aussi…

Je suis contente de ces expériences, je sais désormais pourquoi je les ai faites et surtout pourquoi je les ai défaites. Je peux le proclamer haut et fort : c'est pour ne plus jamais devoir chanter « *Oops, I did it again* » ! (Et pourtant, j'aime Britney presque autant que j'aime Beyoncé.)

Je range ma liste en souriant et je me mets au boulot, je dois faire le grand ménage. (Et vu la taille de mon appartement miniature, ça devrait aller vite.)

Il y a ce mec qui doit venir boire un verre chez moi. En même temps, je ne m'attends pas à grand-chose…

Quelques mois plus tard…

J'active le turbo et, en 47 minutes, l'appartement est nettoyé, balayé, astiqué, casa toujours pimpan.

Un coup de sonnette retentit. C'est les déménageurs.

Et voilà, c'est le début de la fin avant le nouveau début.

Ma dernière nuit de locataire dans cet appartement est passée.

Le ménage est fait (uniquement dans le but de récupérer ma caution). Incroyable, le temps que j'y ai passé alors que c'est si petit. C'est inversement proportionnel ! (Je me comprends.) Toutes ces choses à rendre « jolies »... Comme le pommeau de douche qui était recouvert de tartre, car je ne l'ai jamais nettoyé... Comme l'évier métallique qui était couleur... Disons couleur... Enfin couleur tout sauf la couleur métallique d'origine... Ou encore la poussière à enlever sur le meuble de la cuisine, au-dessus de l'évier. Personne n'est assez grand pour voir ce qu'il y a dessus, mais, comme il m'est arrivé d'y jeter des choses par fainéantise, je les ai récupérées pour les jeter et j'ai passé un coup d'éponge, je ne suis pas à l'abri qu'il vérifie... Ah, il fallait aussi que je remplace l'ampoule dans les toilettes (bien que ce soit pas si mal de faire ses besoins dans le noir, ça repose les yeux).

Maintenant, il faut déménager.

En réalité, j'ai déménagé il y a trois mois (d'où le fait qu'il n'y a pas de meubles – mensonge : la pièce est trop petite pour contenir des meubles...), mais je tenais à passer une dernière nuit ici. (Une sorte d'hommage, de remerciement.)

On sonne à nouveau. (Mais pour qui se prennent ces déménageurs ? Comme si j'avais les moyens d'embaucher des professionnels... C'est ma petite sœur, qui fait beaucoup de sport, elle est balaise, et Noa.)

J'ai à peine ouvert la porte qu'ils emportent mon lit et ma valise d'affaires, puis ils vont m'attendre dans leur camionnette de déménageurs. (Une camionnette de déménagement que j'ai louée donc...)

Ici, j'ai passé de nombreuses années, de très belles années. J'ai décoré comme je le souhaitais. (Bien sûr que si, il y avait de la décoration ! J'avais accroché un cadre au mur, et un seul cadre compte comme de la décoration. C'est une décoration unique, à mon image !) J'ai renoncé à quelques mètres carrés de logement pour installer une machine à laver et un lave-vaisselle. J'ai même été à deux doigts d'installer un vaisselier ! C'est pour dire l'évolution que j'ai faite malgré le manque de place. Quand on veut, on peut (prends-en de la graine étranglante Mélissa Frégé !). C'était bien de vivre ici.

Un peu plus tard, un autre coup de sonnette retentit.
C'est le propriétaire. Je lui donne accès à l'immeuble et j'ouvre la porte d'entrée. Il me salue en entrant, se met au milieu de la pièce puis jette un coup d'œil un peu partout, sans prendre la peine d'aller dans les détails. (Tant mieux pour moi, j'ai pas fait tous les coins et recoins comme je voulais le faire – enfin comme je voulais – Comme je devais !) Il me rend ensuite mon chèque de caution. Je vérifie que je n'ai rien oublié et on sort de l'appartement. Il ferme la porte à clé, puis on sort de l'immeuble. Dans la rue, il me salue et il tourne les talons.
Des larmes coulent sur mes joues.
Les déménageurs arrivent (ma petite sœur et Noa donc) et ils me serrent dans leurs bras. Sans rien dire, on monte dans la camionnette. Et puis on part.
Arrivés devant chez nous, alors que j'ouvre la porte du coffre, ma petite sœur et Noa se dirigent vers le jardin et me demandent de les suivre. Je le fais en me demandant pourquoi on ne décharge pas mes affaires avant, vu qu'il faut rendre la camionnette. (Ils font des locations à l'heure désormais, super pratique !)
J'entends de la musique. Je continue d'avancer, la musique est de plus en plus forte (est-ce que Noa a encore organisé un karaoké dans notre jardin ?). Une fois arrivée dans le jardin, en voyant les guirlandes et les ballons, je comprends : les déménageurs m'ont organisé un pot de « fin de vie locative ». (Après, facile : c'est écrit sur la banderole accrochée aux thuyas...) Sur la table de jardin, il y a une nappe aux motifs de fête (dire que le métier de designer de nappe existe...) et il y a aussi un gâteau avec ma photo dessus ! Juste à côté, toutes mes boissons préférées : du champagne et du sirop de fraise ! Mes amis et ma famille sont de la partie, tous portent des chapeaux pointus aux motifs de fête (dire que le métier de designer de chapeaux pointus existe...). Même nos canards s'approchent. (Oui, on a des canards !) Noa pose un chapeau pointu sur ma tête en faisant attention à mes cheveux (donc il m'écoute quand je lui parle, ça fait plaisir, il faut que je continue à lui

parler !), puis il m'embrasse. Il murmure ensuite « joyeuse vie de propriétaire, ma copropriétaire » et il m'embrasse à nouveau.
Puis je file me chercher une coupe de champagne pour trinquer à ma nouvelle vie de propriétaire.
Je regarde autour de moi et je réalise qu'il ne me manque rien. (Enfin si, ils arrivent quand les apéros ? J'ai entendu le « ding » du four, je sais qu'ils sont prêts, qui attend quoi pour m'en amener ? On perd un temps fou...)
Je suis sur un petit nuage.
Après... C'est moi, ou mon petit nuage serait plus confortable avec une piscine et un Jacuzzi ? Il faut que j'en parle à Noa...
Et vous, il faut que je vous parle de Noa.

Des bas, encore des bas, toujours des bas…

- Un dégât des eaux le lendemain de la fin des travaux
- Un film turc non sous-titré sur Netflix
- Le pot de crème fraîche ouvert et laissé pendant trois semaines dans le frigo
- Le psy qui regarde sa montre
- Une coupure Internet avant la validation de ton panier Zara
- Le tatouage tribal fait à 18 ans
- Regarder « Les Dossiers de l'histoire » en buvant de la Suze
- Un aller-retour Paris-Marseille en plein été dans le wagon « famille »
- L'espresso à 8 euros en terrasse
- L'erreur dans la livraison : au lieu de tes trois plateaux XXL de sushis, te voilà avec la salade la moins chère de chez Flunch

Des hauts, encore des hauts, toujours des hauts…

- Les chansons de Beyoncé
- Conduire sans tomber sur un seul feu rouge
- Les codes Netflix, Amazon Prime, Disney Plus, OCS et Salto d'une amie
- 1 000 likes sur un post Instagram
- Le verre d'eau fraîche un lendemain de cuite
- Le calendrier des Dieux du Stade
- Une pizza achetée, une pizza offerte
- Le surclassement en première quand tu prends l'avion
- Le Nutella qui passe en Nutri-Score A
- L'erreur dans la livraison : au lieu de la salade la moins chère de chez Flunch, te voilà avec trois plateaux XXL de sushis

Noa en théorie

Noa

L'état des joints

J'en ai ras-le-bol de ces aventures immobilières décevantes. Quand je pense à Grégoire… J'ai bien fait de le laisser au milieu de ses câbles électriques ! Je me demande vraiment si ça vaut le coup… Et si, finalement, l'appartement parfait était celui dans lequel je vis ? Peut-être que ma vie immobilière est ici ? (Au moins, ma voisine n'est pas la nuisible Mélissa Frégé…)
OK, j'essaye. Je n'aurais pas à faire mes cartons, ni à les porter, mais quand même… Loin d'être un palace mon appartement. Et puis ça fait vraiment longtemps que je vis ici… Et, à moins de me regarder dans le miroir, aucun moyen d'avoir une escapade olé-olé dans cette pièce…
Pas grave, c'est décidé : je tire un trait sur toutes les annonces immobilières. Pour me récompenser de cette décision d'appartement mature bien avec lui-même, je me lance dans quelque chose de nouveau, pour aller avec quoi (un acheté, un offert !) : je vais au cirque.
Je veux dire à un entraînement de cirque, pas à un spectacle de cirque. Je commence le cirque quoi.
Arrivée sous le chapiteau, je me déchausse et je me change derrière un paravent. Cette première fois est excitante, surtout que plus le temps passe et moins on vit de première fois. Je dépose mes affaires sur un banc et je vais sur le tapis, au centre du chapiteau, pour m'échauffer. Alors que je suis en plein étirement, un homme canon, qui a l'air sympa, passe la porte d'entrée du chapiteau. Il s'est perdu ? Il se dirige vers le paravent derrière lequel je me suis changée. OK, donc il vient lui aussi à l'entraînement de cirque. Après s'être changé, il vient juste à côté de moi sur le tapis et il me lance un « salut ». En réalité, il l'a lancé à tous les participants. Mais comme il est à côté de moi, je le prends pour moi (maline !).
Zut ! Il me plaît. Enfin, physiquement, vu que je ne le connais pas… Mais c'est déjà ça parce que tout le monde ne me plaît pas. (La sinistre Mélissa Frégé ne me plaît pas pour avoir un exemple concret.) C'est d'ailleurs assez rare qu'on me plaise comme ça, au premier regard. Mais là, j'ai beau le regarder avec insistance, rien ne me fait changer

d'avis. Comme par hasard ça m'arrive pile au moment où je viens de prendre une nouvelle décision immobilière ! Ça arrive toujours quand on ne veut pas, jamais quand on veut. J'ai beau être déterminée dans ma décision, je rentre quand même le ventre et je gonfle la poitrine. Ce n'est pas parce que je décide de rester dans mon appartement que je dois le négliger !
La professeure arrive sans cracher de feu. (Déception.) Elle forme des groupes et, comme on est trois débutants, elle nous met ensemble lui et moi… Et une autre personne. (Déception.) Le cours commence, la fin de la silhouette parfaite s'enclenche. (Je peux pas rester en apnée tout le cours…)
On discute brièvement pendant l'entraînement :

« Alors ? Qu'est-ce qui t'amène au cirque ?
— Bah, euh… Je voulais connaître toutes les choses qu'on peut faire avec des rideaux… Enfin, moi je dis voilage… Ah, ah, ah…
— Tu veux dire des tissus ?
— Bah, euh… Oui… Et aussi, j'ai une passion pour le côté conique des chapiteaux… Alors… Euh… Et toi ? »

J'apprends qu'il a beaucoup fait de gymnastique, d'où ses aptitudes. Manque de bol, si j'ai appris ça, c'est parce que je me suis vantée d'en avoir fait… (J'y suis allée quatre fois quand même !) Mais force est de constater que je n'ai pas du tout le niveau de quelqu'un qui prétend en avoir fait…
Vite, vite, changer de sujet.
Je lui demande comment il s'appelle. Il se rend compte de mon subterfuge. Il me sourit, s'approche de moi tout doucement et me murmure « Noa ».
On s'entend bien. Qu'est-ce que ça tombe mal… Et le pacte que je viens de passer avec moi-même pour être contente de mon appartement alors ? Je réfléchis à la situation. Cette fois-ci, je ne vais pas me laisser

avoir, il s'agit quand même de ma propre décision ! Je répondrai donc par la négative s'il me demande mon numéro de téléphone. La théorie est bonne et prête, à l'inverse de la pratique : il rentre chez lui avec mon numéro de téléphone. (Morue que je suis...) Je réfléchis à nouveau à la situation. En un éclair de seconde, je trouve autre chose : s'il me contacte, je ne donnerai pas suite ! (Je passe de morue à dauphin.)
Noa me téléphone le soir même. On discute un long moment (alors que j'aime pas être au téléphone en plus...). Et puis il m'invite à un spectacle, j'accepte et on raccroche. Bon, aller voir un spectacle n'engage à rien... Après, il est malin à ne m'avoir donné ni le jour, ni le lieu, ni l'heure... Il m'invite sans me donner les détails... Tout ça pour que je le rappelle ! Et ça fonctionne...
Le soir de la représentation du spectacle, on se retrouve seulement quelques minutes avant l'ouverture du rideau, on n'a pas le temps de discuter. Alors, c'est tout naturellement qu'il me propose d'aller manger un morceau une fois le spectacle terminé. On parle du spectacle, puis de nos vies, puis de tout, puis de rien. Le temps passe vite. Quand on se dit « au revoir », Noa m'embrasse. De retour chez moi, je réalise que le problème, qui en réalité est l'inverse (comment on appelle l'inverse d'un problème ?), est que Noa est vraiment cool, vraiment pas lourd, vraiment pas chiant. (Où est le vice caché ?)
Que faire ? Je verrai demain.
Le lendemain, Noa me propose de sortir. Il faut que je prenne la bonne décision. Alors, je me dis que la décision de rester dans mon appartement est remise à plus tard, à après Noa. (C'est pas comme si c'était l'appartement de ma vie, je le connais à peine...) On sort, on passe une bonne soirée et, quand il me raccompagne chez moi, j'hésite à lui faire visiter mon appartement. Bon, après tout, ma décision est remise à plus tard...
On discute dans le salon (qui est aussi ma chambre ainsi que ma salle à manger).
Le jour se lève. Je lui propose de rester dormir en tout bien tout hon-

neur. Il accepte. Dans le lit, je me mets sous le drap, lui reste au-dessus (mais j'ai une couette quand même, il n'aura pas froid). Je suis en pyjama, lui est resté habillé (il aura trop chaud du coup...). Et on garde une distance de sécurité. (En voilà un appartement respectueux !)
Au réveil, après avoir bu un café, on discute à nouveau et ça dure toute la journée. Je lui demande quand je vais visiter son appartement. Et voilà la forêt cachée derrière l'arbre : Noa a beau avoir 30 ans, il n'a pas d'appartement, il habite chez sa mère. Mais le pire ce n'est pas ça. Le pire c'est qu'il m'annonce ça comme si c'était un problème alors que c'est la solution ! (Solution ! C'est ça le mot inverse d'un problème !) C'est formidable, je ne vais pas avoir à me déplacer ! Et je reste dans mon appartement comme prévu initialement depuis quelques jours avec moi-même. (On a un gagnant !)

Comme Noa vient régulièrement chez moi, je lui explique tous les trucs et astuces de mon appartement. Il a beau être petit, il y a de nombreuses choses qui ne vont pas et auxquelles il faut faire attention. Je n'ai rien vérifié quand je l'ai loué... Ni l'état des joints, ni l'humidité, ni s'il y avait des fuites... et tout le reste ! Par exemple, les tringles à voilages. Comme elles sont fixées au mur avec des clous, il suffit de manipuler un peu trop brusquement les voilages pour qu'elles nous tombent dessus. (C'est maintenant que je réalise que, peut-être, je n'ai plus de voilages parce que les tringles ne tiennent pas... Est-ce que j'ai eu la bonne idée d'enlever mes voilages à cause de ça ?) C'est vrai que, lors de la visite, je n'ai pas demandé de quoi sont faits les murs... (Qui demande ça ?) Conclusion : surtout, surtout, ne pas grimper aux voilages ! Quelle tristesse, c'est le seul truc à escalader chez moi... Enfin, si j'avais des voilages quoi. Après, vivre sans grimper aux voilages, ça

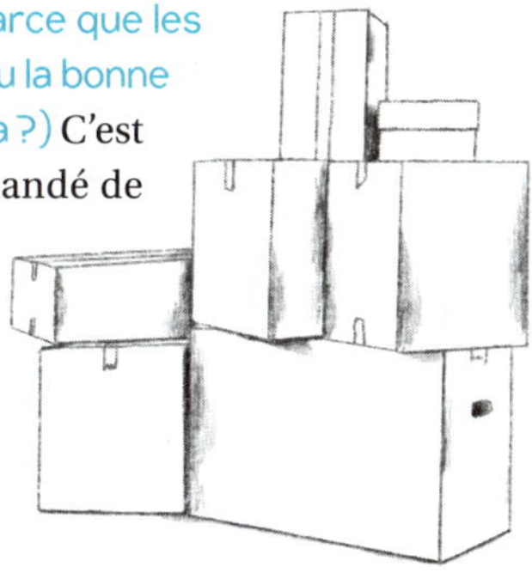

se fait. Enfin, ça dépend : est-ce que c'est une métaphore ou pas ? (Si la personne pour grimper aux voilages est l'inquiétante Mélissa Frégé, c'est un grand non.)

Comme Noa enregistre rapidement le code de la vie de mon appartement, la vie immobilière est belle. Et remplie de surprises aussi… (Mon appartement est un peu comme le temple perdu d'Indiana Jones, il déborde de surprises, et de pièges…) Il tire une tronche pas possible quand il voit de l'eau partout sur le sol de la salle de bain après s'être douché. J'ai oublié de lui dire qu'il ne faut pas se doucher debout dans la baignoire, sinon l'eau fuit du côté gauche et inonde la salle de bain… Baignoire qui, en plus, prend toute la place dans la salle de bain, aucune logique le propriétaire. J'ai droit à une autre tronche pas possible quand il ouvre un peu trop fort le robinet de l'évier dans la cuisine et que l'eau fuit de tous les côtés… Ce robinet ne supporte pas la pression… À l'inverse de mon seul placard qui retient toutes mes affaires. (Costaud.) Noa me demande pourquoi je n'appelle pas un plombier. Bonne question, qui mérite une réponse. Je ne sais pas quoi répondre. J'ai besoin de prendre l'air pour réfléchir. Alors, comme toujours dans ce genre de situation, j'ouvre la porte de mon frigo pour en avoir. Je prends deux, trois grosses bouffées d'air et je referme la porte. Noa me regarde avec de grands yeux, puis il me demande ce que je fais. Genre, les gymnastes ne prennent jamais l'air ? Je lui explique et il me demande pourquoi je n'ouvre pas la fenêtre. Il est de la police ? Surtout que, pour lui, l'odeur des frigos est désagréable, il se demande comment je fais pour respirer ça. C'est vrai que c'est le cas quand ton frigo contient des aliments. Dans mon cas, mon frigo ne contient pas grand-chose d'autre que du beurre et un pot de confiture à la myrtille, donc rien dont l'odeur ne viendrait perturber l'air frais de mon frigo. J'ajoute que je préfère cet air « pur » à l'air de dehors, celui qui est pollué. En réalité, je ne veux pas lui annoncer un autre problème de mon appartement : la fenêtre que j'ai bloquée… Et qui me force donc à

trouver de l'air là où je peux.
Pour changer de sujet, je lui propose de partir en week-end, histoire de vraiment prendre l'air et de réfléchir à la question de toutes ces fuites. À nouveau, il voit clair dans mon subterfuge pour changer de sujet de discussion. Il me sourit, s'approche de moi, m'embrasse, s'assied sur le lit et prend son téléphone portable. Alors que je le pense sur Internet à chercher un petit coin sympa où passer 48 heures en mon agréable compagnie, Noa est en réalité en train de chercher comment réparer mes fuites. (Ça peut fonctionner avec des tampons hygiéniques ?) Il me montre la photo d'un ustensile qui sert à visser ou à dé-visser ou à contre-visser ou à anti-visser ou à re-visser (aucune idée), il nous le faut dans la minute ! (Selon lui, bien sûr...)
Dans les rayons du magasin, alors que je suis à deux doigts d'utiliser ma technique du « coin-coin plafond », Noa se met à poser toutes les questions possibles et imaginables à tous les vendeurs. Je ne pensais pas un jour acheter des instruments de bricolage et encore moins avec mon petit ami, surtout quand je viens de lui proposer de partir en week-end en ma charmante compagnie ! Et je ne pensais pas non plus qu'un être humain normalement constitué (ou pas d'ailleurs...) pouvait être autant emballé par l'acquisition d'accessoires de bricolage. On part du magasin le cerveau rempli d'informations qui ne vont jamais nous servir. Écrivons un livre que personne ne lira jamais ! (Offrons-le à la maléfique Mélissa Frégé !) Comme on est proches du centre-ville, je propose d'y aller pour boire un verre, histoire de ne pas complètement passer cette journée à faire des choses aussi... Aussi inintéressantes. Noa propose de d'abord procéder aux réparations, puis d'aller boire un verre en ville pour se détendre. Bon, eh bien d'accord. (J'ai jamais su négocier...) À peine arrivé chez moi, il déballe tous nos achats. Il les vérifie, trie, classe puis commence à tout réparer. Bon, je vais faire une sieste... (J'ai toujours aimé la Belle au bois dormant.) Quand je me réveille, Noa n'a pas seulement réparé tout mon appartement, il a aussi tout rangé, tout nettoyé et préparé un repas. (Combien de jours j'ai

dormi ? Il aurait pu faire la lessive aussi... Pourquoi il ne l'a pas faite ?)
Je suis tellement ébahie par tout ce qu'il a fait pour moi que la première chose qui sort de ma bouche est...

« Tu veux vivre avec moi ? (Moi et ma spontanéité...)
— Oui.
— Merci. Pour le bricolage ! »

Un beau jour, il vient donc chez moi avec ses affaires. Enfin avec le minimum nécessaire, n'oublions pas que je n'ai qu'un placard... Nous voilà comme deux poules dans le même poulailler. (J'espère qu'il va pas picorer mes graines.)
On passe des jours et des jours à être heureux en ne faisant absolument rien dans mon microscopique appartement. On se dit que si notre relation se passe aussi bien dans un appartement si rikiki, dans lequel on ne peut même pas danser la danse des canards (c'est la danse des canards) tellement c'est petit, ça ne peut que bien se passer dans une maison avec jardin et mare avec les fameux canards. Couple logique, couple qui aime les canards. Alors on regarde les petites annonces.
Pas de bol, il n'y a rien de cool à louer...
Par contre, il y a des logements stylés à acheter !
Est-ce qu'on n'achèterait pas un camping-car par exemple ? (Non.) Ou une cabane suspendue dans les arbres ? (Non.) Ou un voilier aménagé ? (Non.) Bon, une maison avec jardin et mare aux canards alors ? (Oui.)
Cinq jours plus tard, on a rendez-vous pour visiter une maison. (Celle qu'on a préférée parmi toutes les belles maisons sur le marché. Logique – je l'ai dit, couple logique.) Comme c'est la première fois que je vais visiter un logement à acheter, je ne sais pas comment m'habiller. J'opte pour la tenue la plus adaptée possible : un T-shirt à motifs rigolos (dire que le métier de designer de T-shirt à motifs rigolos existe...), et une chemise classique ouverte par-dessus. S'ajoutent à ces deux-

là une veste anorak ainsi qu'un châle. Pour le bas, je choisis un jean bleu foncé. Par-dessus, je mets une jupe mi-longue rose fuchsia, et une grosse ceinture en or. Au pied droit, une basket et au pied gauche, un escarpin. Pour les accessoires, je reste discrète : un haut-de-forme, des gants et une mallette en fer. (La même que dans les films, quand ils échangent beaucoup d'argent.) Une vraie partouze de fringues, c'est topissime ! Arrivés au lieu de rendez-vous (à la maison donc), nous suivons l'agent immobilier qui nous fait la visite. Je suis occupée à imaginer comment aménager les pièces pendant que Noa vérifie l'étanchéité des murs, la toiture et plein d'autres choses qu'il a apprises au magasin de bricolage. Dans le jardin, une fois arrivée près de la mare et des canards, je me lance dans la danse des canards pour montrer patte blanche. Comme on ne se connaît pas encore, je ne m'offusque pas en voyant que les canards préfèrent avoir la tête dans l'eau et me montrer leur derrière, plutôt que de me regarder performer devant eux… Je continue la visite jardinière et je tombe sur un petit abri de jardin que les propriétaires ont transformé en atelier de bricolage. Voilà qui va plaire à Noa et à sa nouvelle passion ! Pendant qu'il contrôle l'état du grillage et des gouttières, je me promène dans la rue. (Je tiens à vérifier que la voisine n'est pas l'opprimante Mélissa Frégé !)
Tout est parfait.
Il est l'heure de sortir un stylo pour signer. Et vu la commission de l'agent immobilier, il pourrait nous en offrir un… (Radin !)

Quelques mois plus tard, après toutes les procédures administratives habituelles, on récupère les clés de notre logement. Nous voilà propriétaires et parents d'une magnifique troupe de canards. Herbe et vers de terre pour tout le monde ! (Oui, car le pain n'est pas bon pour les canards. #Fermentation #Bactérie #Maladie)

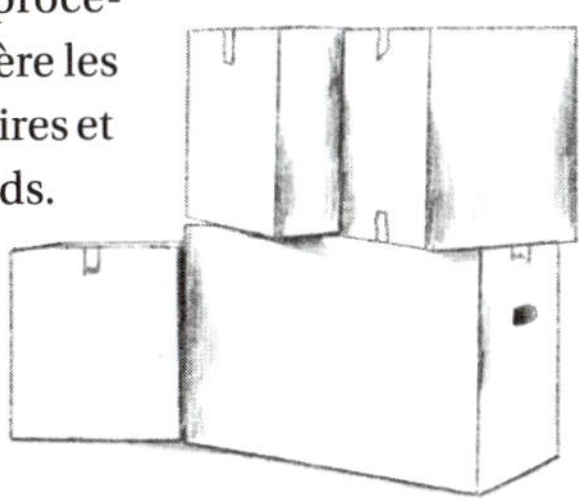

Le lendemain, on s'installe dans notre chez-nous.
On a récupéré des meubles, de la vaisselle, de la décoration, des tapis et même des plantes. Notre intérieur ne ressemble à aucun intérieur tellement tout est dépareillé. Et ça le rend encore plus beau. Déjà, bizarrement, tout va bien ensemble. Et ensuite, toutes ces choses récupérées appartenaient à nos familles ou à nos amis, elles ont une valeur symbolique. Le lit appartenait à une amie qui désirait en changer pour un plus grand, elle nous a même offert les draps. Les coupes à champagne appartenaient à ma grand-mère, elle les avait reçues en cadeau en faisant le plein de carburant à une station-service. Elles sont décorées d'étoiles dorées, et en dessous, il y a le nom de la station-service. Les canapés appartenaient à la sœur de Noa, elle venait de changer son intérieur et ils n'allaient pas avec la nouvelle décoration.
Au fil de la journée, la maison change, elle prend forme, elle devient de plus en plus confortable. La vie est de plus en plus belle, l'amour brille sous le soleil. (Et aussi sooous leees étoooiles !)
Le soir, pour notre premier dîner chez nous, Noa cuisine des papillotes de poulet au four (et ça m'arrange, car je me suis toujours pas mise à la cuisine...). C'est super bon, il cuisine bien, quel bel investissement ! Pour lui rendre la pareille, je prépare des tisanes. Sauf qu'arrivée devant le four avec mes deux tasses d'eau froide, je panique : comment on réchauffe de l'eau au four ? Cet appareil est bien trop élaboré. (Comment je vais m'en sortir ?) Noa arrive dans la cuisine et me demande si tout va bien. Je prétexte une fatigue intense liée au déménagement, il me propose alors d'aller me coucher. (Sauvée !)
Dans cette nouvelle chambre, dans notre nouveau lit, je suis totalement perturbée. Premièrement, parce qu'elle fait la même taille que mon ancien appartement... Et deuxièmement, parce que j'ai ce meuble fort pratique, dont j'avais entendu parler, mais qui était trop grand pour mon ancien appartement : une table de chevet. Table sur laquelle je pose désormais mon téléphone. Quel gain de temps ! Mais c'est quand même moins marrant de ne pas avoir à chercher mon té-

léphone portable dans mon lit, ça m'enlève un petit jeu qui, avec du recul, n'était pas désagréable. Je dois me rendre à l'évidence, je dois m'adapter à toutes ces nouvelles choses. Et dans la mesure où je me suis endettée sur vingt-cinq ans, mieux vaut m'y faire rapidement. Je mets du temps à m'endormir. Il faut dire que le calme règne, je ne suis pas habituée. Mais, très vite, Noa ronfle et me revoilà dans mon élément, le bruit. (Décidément, je peux compter sur lui !) Les bras de Morphée m'accueillent, ma première nuit dans mon nouveau chez-moi peut commencer.

Oh, mais... Qu'est-ce qu'il se passe ? C'est quoi ce noir total ?
Quelle heure il est ? 2 heures du matin ? 4 heures du matin ?
Bizarre, j'ai pourtant l'impression d'avoir dormi une nuit entière !
Vite, mon téléphone portable... 11 h 03.
Hein ? Pourquoi il fait noir ?
Je secoue Noa pour le réveiller, il n'a même pas fini de sursauter que je lui lance cette question au visage...

« Qu'est-ce qu'il se passe ? »

Comme il ne sait pas de quoi je parle, je lui explique. (On perd un temps fou...) Il rit. C'est peut-être la fin du monde mais lui rigole, d'accord. (Haaa, ces gymnastes...) Noa se lève, tire les rideaux puis ouvre les volets. (Depuis mon arrivée en maison, j'ai re-basculé aux rideaux. Je change de vie et la nouvelle moi fait un retour aux sources... Bye bye voilage.)
Haaa !
Alors c'est à ça que servent les rideaux et les volets ? À nous faire croire que c'est la fin du monde dehors, que la planète s'est inversée, retournée, que tout est déréglé ? On se regarde sans dire un mot. Et puis je lui lance...

« Merci, je sais bien que ces choses servent à faire le noir dans la pièce... J'avais juste pas envie de me lever pour les ouvrir ! »

En disant ça à haute voix, je réalise qu'il va falloir fermer et ouvrir ces choses tous les jours ! La vie est quand même plus simple sans elles...
Idée géniale : ne plus fermer ni les rideaux ni les volets.
Le lendemain soir, c'est exactement ce qu'on fait. Enfin, ce que je fais. On s'endort avec toutes ces choses ouvertes. Au petit matin, je suis réveillée par Noa qui me secoue en répétant : « C'est impossible pour moi de dormir avec toute cette lumière. » Il poursuit en m'expliquant pendant de nombreuses minutes qui me paraissent être des heures à quel point le noir est important pour lui. La seule chose que je retiens, c'est qu'il est 7 h 46 du matin. (Même le coq dort à cette heure-ci !)
Au petit déjeuner, on aborde le sujet « rideaux et volets ». On débat, explique nos besoins, nos envies. Noa met en avant sa qualité de sommeil et son humeur le lendemain. Quant à moi, je ne parle que d'une chose : la flemme de faire tous les jours ces nouvelles choses. Il faut prendre une décision...
Pardon ?
...
Je n'ai pas compris le mot...
Compro quoi ? Mis !
Mis quoi ?
Ah ! Compromis ?
C'est-à-dire ?

Je ne rêve pas. Il a dit « compromis ». On doit trancher pour que chacun soit un minimum satisfait, pour que nos sentiments respectifs soient un minimum en harmonie avec nos envies à tous les deux. (La tuile ! Est-ce que ça se fait de lui dire que c'est pas mon problème s'il n'arrive pas à dormir avec les rideaux et les volets ouverts ou pas ?)
Quelle idée d'acheter une maison dans son entièreté ensemble...

Note pour moi-même : établir la liste « qui a acheté quoi », comme ça, on sait qui a quoi. (Je suis la logique incarnée.) Tiens, je vais appeler ça le « kikikakoi ». (Je suis aussi la créativité incarnée. Évolution en direct.) C'est sûr qu'il y aura débat (aucun de nous n'a acheté les gouttières, elles étaient déjà là : à qui appartiennent-elles ?) mais qu'importe, il faut seulement que j'obtienne les rideaux et les volets. Comme ça, plus de problème, c'est moi qui déciderai de ce qu'on en fait. Mais il faudra quand même que la liste soit équitable, que tout ce qu'il y a dans la maison soit réparti à parts égales. Les rideaux et les volets, c'est pas assez, il faut que je sois stratégique… D'ailleurs, il faut absolument qu'on termine par les rideaux et les volets. Comme ça, je pourrai jouer la carte…

« Oh, j'ai pas grand-chose, à vrai dire j'ai qu'une seule chose. Bon… Eh bien alors je prends les rideaux et les volets, c'était pas mon premier choix mais tant pis, je m'y ferai, ça me va ! »

Parfait.
Pendant que j'élaborais cette stratégie dans ma tête, Noa m'a préparé une surprise dans le salon. Flûte, je dois remettre à plus tard notre discussion « kikikakoi ». Il me demande de m'asseoir sur le canapé et il sort une feuille de sa poche. Oh non, on a eu la même idée ! Il va me couper l'herbe sous le pied avec ma propre tondeuse ! (Miséricorde !) Noa me passe la feuille. Dessus, des photos de logement. Hein ? Il me quitte pour d'autres logements ? Et puis l'explication arrive : il m'offre des vacances. (Syyyympa !) Il a sélectionné plusieurs logements insolites et il me demande de choisir celui que je préfère. Mes yeux s'arrêtent sur deux propositions : une maison « poule » (une maison recouverte d'une gigantesque « poule », je ne sais pas en quelle matière est la poule couvrante mais impressionnante) et une pyramide de verre dans une grotte. Je prends la parole pour l'informer

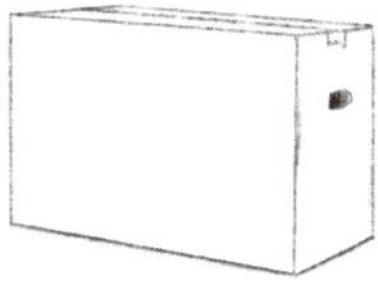

que je vais réfléchir, puis je propose de discuter du « kikikakoi ». J'ai à peine fini de lui expliquer le concept que Noa me balance un « n'importe quoi ! ». Comment ça n'importe quoi ? C'est une idée brillante ! (Est-ce que j'ai oublié de l'informer que j'ai plusieurs prix Nobel de brillance à mon actif ? Et que mon référendum de doigts a voté positivement la motion débat sur le « kikikakoi » ?) Il me dit qu'il est hors de question de lister « kikikakoi ». Pour lui, c'est évident qu'au lieu de vouloir imposer des choses à l'autre, il faut faire des compromis quand on construit avec quelqu'un. Il ajoute qu'il ne voit aucun intérêt à vivre sous le même toit si c'est pour séparer les affaires et faire attention à « kikikakoi ». Il me donne un exemple : pour les rideaux et volets dans la chambre, on va essayer plusieurs configurations différentes, fermer seulement les rideaux, fermer seulement les volets, porter un masque sur les yeux, et on verra ce qui fonctionne le mieux pour nous deux. Pas bête. Par principe, je râle. Et puis j'accepte l'idée. Et j'ajoute le mot « compromis » à mon vocabulaire.

Aujourd'hui, des amis de Noa viennent chez nous. On est fiers de leur montrer notre nid. Tous ensemble, on prépare le repas (enfin personnellement je fais semblant), puis on dîne, puis on joue à des jeux de société. Je ne sais pas si c'est le stress ou la folie du jeu mais j'ai chaud soudainement, j'ai besoin de prendre l'air. En précisant ce que je vais faire, je me lève, puis je vais dans la cuisine. J'ouvre la porte du frigo et je pousse un cri de dégoût. Quelle odeur nauséabonde ! Je n'étais pas prête ! Noa me rejoint et rigole de cette habitude que j'ai. Il me prend par la main, puis il prend des plaids dans le placard et, en ouvrant la porte-fenêtre, il propose de faire une pause pour boire un verre sur la terrasse. Dehors, alors que je regarde le ciel, je sens quelque chose à mes pieds. C'est nos canards, ils sont venus nous voir, comme s'ils voulaient passer la soirée avec nous ! On les présente alors à nos amis. Sur les cinq canards, trois se ressemblent beaucoup : la tête verte, le buste marron, le corps gris clair et gris foncé. On a du mal à les reconnaître,

il faut l'avouer… C'est pour ça qu'on les a nommés « Coin », « Coin » et « Coin ». Le marron tacheté s'appelle « Cacao » et le tout blanc s'appelle « Noir ». (Couple logique et imprévisible.) En respirant de l'air frais dans notre jardin, je réalise que je ne vais plus ouvrir la porte de mon frigo pour prendre l'air. La fin d'une belle époque. Notre « chez-nous » m'offre le luxe d'avoir de l'air. (Enfin, il y a de l'air partout, je sais…) Je dois désormais ouvrir la porte-fenêtre qui mène sur le jardin pour en avoir. On vit pleins d'air et aérés ! (Je me comprends, c'est le principal.)
Je réalise d'autres nombreuses choses… J'étais habituée à tout stocker dans un seul petit placard, à me servir de ma chaise comme table mais aussi comme armoire, de la porte des toilettes comme sèche-linge, et j'en passe. Je réalise devoir créer de nouvelles habitudes avec ces nouveaux meubles et ces nouveaux… Ustensiles de vie. (Comment on se sert d'un radiateur en fonte ?) Je réalise surtout m'être engagée dans une vraie histoire immobilière, j'ai même de nouvelles charges à payer. (Il faut bien les entretenir nos canards ! Quand je fais les choses, je les fais à fond… À l'inverse de l'inapte Mélissa Frégé.)
Je repense à notre rencontre, à nos débuts, au fait qu'il soit entré dans ma vie pile au moment où j'avais décidé de prendre le temps de respirer. Il m'amène de l'air de bonne qualité et des rideaux auxquels on peut grimper. (Oui, parce qu'il a vérifié les matières des murs pour mettre les vis adéquates, j'ai plus aucune raison de ne pas escalader ! Enfin si, j'aime pas l'escalade…)
Le lendemain, par cette belle journée d'été, je cherche Noa dans la maison. (Au moins, dans 20 m^2, tu sais rapidement où est l'autre…) Comme il est introuvable à l'intérieur, je vais à l'extérieur. Sherlock Holmes n'a qu'à bien se tenir. (La tremblante Mélissa Frégé aussi…) Quand je le vois, au loin, parler avec les canards, je me dis que c'est pour la vie. (Un être humain qui parle le canard, ça court pas les rues…) Je n'ai jamais eu de pensée de la sorte, ça me fait peur, alors je cours vers Noa pour lui en parler. Mais à arriver en courant, je fais peur aux canards… (Idiote !) Noa me regarde. À peine je parviens à sa hau-

teur, il me coupe dans mon élan en me disant qu'il va construire un petit abri avec toboggan pour notre tribu. Superbe idée, mais est-ce que les canards aiment le toboggan ? Il va aussitôt chercher ses outils et son matériel. Je m'assois par terre dans l'herbe et j'attends. Pour penser à autre chose qu'à ma peur, je sors mon téléphone portable pour prendre une photo des canards et la poster sur Instagram. Et puis je laisse tomber. Je suis sereine, apaisée, heureuse, complètement dans l'instant présent. Et encore mieux, je suis sur la même longueur d'onde que mon projet immobilier. Tout l'inverse d'Instagram donc… Instagram, mon… Ex-BFF. Quand je le vois revenir assis sur la tondeuse, à la piloter comme un chef (enfin, comme un pilote plutôt), je suis prise d'un fou rire. Par contre, les canards pas du tout, les pauvres ont peur à nouveau, ils se collent à moi. En tondeuse, il fait le tour du jardin en chantant fort et faux (comme moi !), il soulève ses instruments de bricolage comme s'ils étaient des trophées et il s'arrête à environ 5 mètres de moi. Là, il descend de la tondeuse, s'étire vers le ciel, place ses bras au-dessus de sa tête et fait une roue suivie d'un salto arrière. Puis il s'agenouille et nous demande si le spectacle nous a plu, à moi et à nos canards. Là, ma peur s'envole (à l'nverse de celle de nos canards qui doivent sincèrement se demander sur qui ils sont tombés…). Comme quoi, être avec une maison aussi folle que soi fait toute la différence.

Noa en pratique

Épilogue

Un an plus tard

Tiens, tiens, c'est quoi tout ce vacarme dans la rue ?

Impossible de bronzer au bord de ma nouvelle piscine tranquillement… Où est ma sortie de piscine ? (Plus classe qu'une sortie de bain.) Je vais aller voir ce qu'il se passe !

Ah, c'est nos voisins. Que j'adore, soit dit en passant. Surtout l'homme. Pâtissier dans un salon de thé de renom, il récupère toujours les invendus et, souvent, il nous en rapporte. (C'est pas pour ça que je l'aime beaucoup, bien que ça soit agréable d'avoir de délicieuses pâtisseries qui sonnent à la porte…)

Mais… Ils déménagent !

Ah bon ? Déjà ?

Ils nous en avaient touché un mot, ils voulaient partir vivre près des montagnes. Je ne savais pas leur projet si concret… J'espère que leurs remplaçants seront sympas ! Et que l'homme sera aussi pâtissier… Ou cuisinier… Ou astronaute ! Personne n'a jamais d'ami astronaute. (Il m'en faut absolument un !)

Un an et deux jours plus tard

Tiens, tiens, c'est quoi tout ce vacarme dans la rue à nouveau ?
C'est vraiment pas possible de bronzer au bord de ma nouvelle piscine tranquillement ? Ma sortie de piscine, vite ! Je vais aller voir ce qu'il se passe !
Ah, c'est nos nouveaux voisins qui emménagent !
Je vais vite chercher Noa pour qu'il m'accompagne les rencontrer. Autant se présenter tout de suite, c'est plus poli. (Je veux surtout assouvir ma curiosité discrètement, et à deux, ça passe mieux... Et si c'était Beyoncé ? Peu de chances, mais la vie réserve des surprises !) On traverse la rue, nous voilà devant chez eux. Personne. Eh bien, où sont-ils ?
Alors que je m'approche de la porte d'entrée pour crier « il y a quelqu'un », j'entends une voix masculine à l'intérieur du camion s'étonner à voix haute...

« Noa ? »

Je me retourne alors et vois un homme descendre du camion avec un carton dans les mains. Noa a une seconde de réflexion, puis il prend notre nouveau voisin dans ses bras en disant...

« Fabien ! »

Qui est ce Fabien ? Est-ce que c'est un Fabien connu ? Est-ce que c'est un Fabien que je suis censée connaître ? Est-ce que lui me connaît ? Est-ce que... Non, il n'y a pas de Fabien sur ma liste... Ouf !
Je m'approche et Noa nous présente. Il m'explique que c'est l'un de ses

amis du lycée avec qui il a fait les 400 coups. Et puis la vie a passé et ils se sont perdus de vue.

Notre nouveau voisin (Fabien donc) raconte qu'il est parti vivre plusieurs années à l'étranger, en Espagne précisément, et puis, comme il a eu le mal du pays, il est revenu. À son retour, il a renoué avec certains de ses vieux amis dont un certain « Azul », que Noa semble connaître. Il poursuit en racontant qu'Azul et lui se sont trouvés un point commun : le mal du pays. Car Azul était lui aussi parti vivre à l'étranger, aux Pays-Bas précisément. (Pourquoi ça me parle les Pays-Bas ? C'est pas un pays dont on parle souvent... J'y suis allée en vacances ?) Fabien explique qu'Azul y avait une bonne situation professionnelle, une superbe maison, beaucoup d'amis dont quelques-uns proches, mais qu'il se sentait seul. Et puis, avec son anglais correct mais pas suffisamment bon pour être à l'aise, il s'est éloigné petit à petit de ses amis jusqu'à se retrouver seul. Seul à Amsterdam, entre le fromage et les tulipes, Azul, concernant les femmes, était souvent dans le rouge, précise Fabien. Face à cette situation qui ne lui convenait pas, Azul a tout plaqué et il a quitté Amstel. (Marrant comme nom de ville Amstel ! J'ai dû y aller en vacances, ce nom me parle...) Maintenant, il habite à quelques maisons des nôtres. D'ailleurs, c'est lui qui a parlé de cette ville à Fabien et à sa compagne. Un jour, ils sont venus s'y promener et ils ont adoré. Soudain, au loin, une voix masculine crie : « Fabien ! » On se retourne tous les trois.

Mon Dieu !

Non...

C'est pas possible !

Pincez-moi... (Mais pas trop fort, ça fait mal.)

Voilà pourquoi les Pays-Bas et Amstel me disent quelque chose !

Vêtu de son costume bleu, Ben s'approche de nous. Et puis il est là, devant moi.

Je rêve !

« Noa ? J'y crois pas ! » s'étonne Ben.
« Azul ! Mon vieux pote ! » répond Noa.

Quoi ?
QUoi ?
QUOi ?
QUOI ?
Noa et Ben se connaissent ?
« Azul » avec nous, Noa et Fabien s'aperçoivent des regards qu'on se jette lui et moi. Le temps s'arrête, le moment est suspendu, comme si personne ne comprenait la situation, comme si tout était « trop ». Ben et moi sommes clairement dans ce cas de figure, il doit se demander ce que je fais là. Et je me demande la même chose... Quel enfer de se retrouver voisins ! C'est pas comme si le monde faisait 20 m^2... (Quand je disais que la vie nous réserve des surprises !) Noa me présente son autre ami du lycée avec qui il a fait les 400 coups ... (« Azul » donc). Une question sort de ma bouche, et s'ils comprennent que c'en est une, c'est uniquement parce que je mets toute l'intonation sur l'interrogation (je ferai une excellente actrice, c'est certain.)

« Azul ?????? »

Par ce seul mot, Noa comprend que je demande pourquoi « Azul » et non pas « Ben ». De la main, il me le montre de haut en bas, puis il le fait tourner sur lui-même en ajoutant...
« Toujours habillé en bleu ! »

Fabien ajoute...
« Et comment on dit "bleu" en espagnol ? »

Les trois ensemble, gaiement...
« Azul ! »

Ils rient à gorge déployée. (Pas moi.)
Le seul point positif : désormais je sais pourquoi « Ben A. » sur Facebook. (Est-ce que c'est censé me remonter le moral ?)
Et puis, comme ils s'attendaient à une réaction de ma part et que je ne dis rien, un nouveau silence s'installe. Ce silence pesant est brisé par une voix féminine. Probablement la compagne de Fabien, celle qui va devenir ma nouvelle BFF de la rue, celle à qui je pourrai parler de l'absurdité de cette situation, mais pas que. Celle que je pourrai passer chercher en tondeuse à gazon pour aller faire une course au bout de la rue, celle avec qui je pourrai me plaindre des rideaux et des volets, et je me laisse le plaisir d'ajouter d'autres points à cette liste plus tard. Je me retourne alors pour saluer ma nouvelle voisine. Sort de la maison une grande femme élancée qui porte une tenue « décontractée mais classe », ses cheveux sont attachés sur le haut de sa tête en chignon « coiffé-décoiffé » et elle a des lunettes de soleil « maxi size » sur le nez. Arrivée près de nous, elle les retire pour nous saluer. (Quelle politesse !)
Oh… Oh mais non !
Non mais JE RÊVE !
La pernicieuse Mélissa Frégé !
Comment c'est possible ? J'ai vérifié qu'elle n'habitait pas une maison voisine en plus ! Bon, d'accord je ne pouvais pas deviner que nos voisins déménageraient et encore moins anticiper qui seraient mes futurs voisins, mais non, non, non !
Pourquoi tous ces gens de mon passé sont réunis devant moi ? Pourquoi ? (« Pourquoi Seigneur ? »)
Oh… Mais j'y pense, ça me revient… C'est vrai qu'elle est la sœur de Ben… (Ceci explique cela.) Fabien fait les présentations. Les trois hommes s'aperçoivent des regards qu'on se jette, la délétère Mélissa Frégé et moi. Le temps s'arrête, le moment est suspendu, comme si personne ne comprenait la situation, comme si tout était « trop ». La terrible Mélissa Frégé et moi sommes clairement dans ce cas de fi-

gure, elle doit se demander ce que je fais là. Et je me demande la même chose… Quel enfer de se retrouver voisines ! C'est pas comme si le monde faisait 20 m²… Les mauvaises surprises de la vie…
Fabien nous raconte que quand il a retrouvé Ben, il a rencontré sa sœur (l'épouvantable Mélissa Frégé donc) et qu'il est aussitôt tombé amoureux d'elle. (Ben voyons…) C'est vraiment pas de chance ! (Est-ce qu'il est trop tard pour retourner vivre dans mon ancien appartement – enfin studio, le vrai mot est « studio » – ou pas ?) Je regarde Noa. Lui ne me regarde pas, trop occupé à retrouver ses anciens amis. Ils sont heureux, ils rient, ils ressassent leurs souvenirs du lycée et ça lance de nouvelles discussions pleines de vie.
Alors, je me rappelle ce nouveau mot que Noa m'a appris il y a quelque temps. Comment c'est déjà ?
Cont… Non. Caun… Non.
Comp… Comp…
Ah oui, compromis ! La tuile !
Chacun doit être un minimum satisfait. Nos sentiments respectifs doivent être un minimum en harmonie avec nos envies à tous les deux. Dans ma sortie de piscine, je repense à la tête de Noa quand je lui ai demandé si on pouvait en installer une. Il m'avait directement parlé de l'entretien et du travail que c'était. Mais, devant mon envie prononcée, il avait accepté sans en débattre des jours entiers. Je me souviens aussi de sa tête quand il a vu tous ces nains de jardin dans notre jardin (oui, les nains de jardin sont ma passion, et alors ?), je ne lui avais pas demandé son avis… Et, enfin, je pense tout simplement au fait que je veux qu'il soit heureux sous le même toit que moi. OK, je prends mon courage à deux mains. Je serre les dents, je colle un sourire sur mon visage, puis je me retourne en lançant à la fangeuse Mélissa Frégé un « bienvenue » faux-cul. (Après, même en étant faux-cul, je sais être sincère !)
En la voyant me sourire en retour : l'illumination, un autre retour du passé, un retour bien plus agréable que celui de la décontenancée Mé-

lissa Frégé et de son frère ! Un passé lointain, un passé avec Valentin, notre premier rendez-vous, chez lui, à 16 heures… J'invite aussitôt la dénichante Mélissa Frégé à venir boire un thé à la maison. Quand elle accepte, mon sourire devient instantanément sincère. Enfin, enfin, je vais me venger ! Toutes ces années après… C'est l'heure ! L'heure de faire boire beaucoup, beaucoup, beaucoup de thé à l'imprudente Mélissa Frégé !

Moralité

Non seulement cette maison a vraiment du potentiel, mais toutes ces pièces offrent plusieurs possibilités… d'agrandissement.

Le point sur ta vie

Toi aussi réfléchis à toi, à ta vie, au lieu de faire du patinage artistique de doigts sur Instagram.

Coucherais-tu à nouveau avec l'un de tes ex ?

a. J'en rêve les yeux ouverts.

b. Sur un malentendu, pourquoi pas.

c. Seulement s'il frappe à ma porte en slip panthère en rugissant sur la chanson « Roar » de Katy Perry.

Qui blâmer pour ta dernière rupture ?

a. Tes parents : te créer, c'était leur choix.

b. Ton amie la biologie : l'ADN, les gènes, c'est elle qui tire les ficelles après tout.

c. Ton ex, c'est lui qui a apporté les ficelles, mais comme tu n'es pas trop branchée SM… Te faire attacher : non.

Es-tu victime de romantisme ?

a. Pas du tout, tu ne souhaites qu'une chose chez ton mec : qu'il soit administrativement et fiscalement stable.

b. Tu ne sais pas trop, tu es autant pédalo sur une rivière avec une bière à la main que gondole à Venise avec un éventail.

c. Complètement, le prince charmant sur son cheval blanc, c'est ton délire ! Même si, à la réflexion, tu te demandes si tu ne préfères pas le cheval au prince. (Plus fiable.)

Qu'attends-tu de ta meilleure amie quand tu te fais larguer ?

a. Qu'elle t'apporte une tisane chaude et une couette avant de te faire des papouilles dans le dos devant Dirty Dancing.

b. Qu'elle t'embarque pour un road trip improvisé en Bretagne sans parapluie et sans bottes de pluie.
c. Qu'elle te bourre la gueule aux alcools forts avant de faire une sex-tape avec elle (et le voisin du dessus… ou du dessous… ou les deux).

Qu'est-ce qui t'excite le plus ?
a. Qu'on te parle de sexe avec des métaphores. L'imagination et toi vous êtes amies.
b. Le ménage, tu ne l'avoues qu'à très peu de gens, mais tu es complètement maniaque. La serpillère est ta meilleure amie.
c. La pleine lune, tu es connectée à l'univers. Uranus et toi, c'est pour la vie

Que se passe-t-il quand tu tombes amoureuse ?
a. Tu es victime d'un grand afflux d'émotions et tout va bien, les émotions tu gères.
b. Tu es dégoûtée, ça te tombe toujours dessus sans crier gare, tu n'es jamais prête.
c. Tu te réveilles en pleurant, encore ce joli rêve…

Au concours « Miss France Ex, la plus belle "ex" de France », ton discours c'est…
a. Que tu es là aujourd'hui parce que tu as changé ton nom en « Erika big boobs » dans le répertoire de ton ex et qu'il s'est fait avoir en t'envoyant des nudes.
b. Que tu es là aujourd'hui parce qu'un gros naze fan de Playstation et de pet sous la couette t'a larguée quand tu lui as demandé de plus s'investir dans votre couple, c'est-à-dire de mettre la table.
c. Que tu es là aujourd'hui parce que ton ex t'a invitée au restaurant, offert des roses, était tellement sur son 31 qu'on aurait dit un 32, et donc que tu t'attendais à une demande en mariage alors que c'était une demande de largage.

Tu écris une chanson sur ton ex, quels en sont le titre et la première phrase ?

a. « Redescends » : si tu es aussi génial que tu le prétends, pourquoi toutes les filles ne te courent pas après ?

b. « Petit amour » : ton amour était petit... et je ne parle pas du sentiment...

c. « J'irai vider l'armoire de notre histoire » : je te haaaiiis, récupère tes affaires avant que je les brûle, je te haaaiiiiis !

Si tu as la réponse **a** en majorité :

Waouh, waouh, waouh ! Tu es au top du top de ta vie ! Magnifique appartement que tu es, ta déco est à ton image, en parfaite harmonie : épurée, consciente, chic, lucide et si douce que WestWing, sur Instagram, s'inspire de toi. Tu es à la limite de t'envoler de ton rooftop et c'est normal : ta vue est dégagée de toutes les pollutions visuelles. Tu marches sur des nuages !

Si tu as la réponse **b** en majorité :

L'appartement ni trop vieux ni trop neuf que tu es profite pleinement de la vie, sans se poser de questions, sans tout remettre en question, et c'est une bonne idée. C'est tout à ton honneur ! Le seul hic : parfois ça passe, mais parfois ça casse... Tout a beau être à ton goût, mieux vaut éviter de te sentir mal, tu mérites quelques rafraîchissements. Instagrammement parlant, tu es une story pour amis proches.

Si tu as la réponse **c** en majorité :

À être dans les extrêmes, le studio que tu es a le postérieur entre deux chaises : meublé mais avec toilettes sur le palier. À être soit à 0 %, soit à 100 %, tu as du mal à nuancer tes actions et tes envies. Un jour ça te convient et l'autre non. Ainsi, rien n'est à proximité et il n'y a aucune logique... C'est définitivement non instagrammable.

Remerciements

- Merci à la première femme qui a dit : « je te quitte, mais nous allons attendre la création du latin pour te nommer ». (ce remerciement est valable et compatible pour il/elle/iel.)
- Merci au latin et à la création du préfixe « ex » sans lequel on aurait dû se rabattre sur le grec ancien : πρώην (qui se prononce « próin ».)
- Merci à Johannes Gutenberg et à l'imprimerie sans qui ce livre n'aurait jamais vu le jour.
- Merci à Tinder, Grinder et Kinder qui, non seulement m'ont fourni un catalogue important d'ex, mais aussi des barres chocolatées contenant un grand verre de lait.
- Merci à Kim Kardashian pour avoir remis la séparation à la mode et prouvé que la thérapie par la chirurgie esthétique est un besoin remboursable par la sécurité sociale.
- Merci à Stéphane Plaza pour avoir rendu les visites d'appartement aussi populaires que le quartier rouge d'Amsterdam.
- Merci à Brad d'avoir quitté Jennifer pour Angelina. Et, du coup, de m'avoir permis de mater The Morning Show avec une Jennifer au top de sa carrière et de son talent.
- Merci à Hélène, Laura et Séverine. Ce ne sont pas les Spice Girls, mais elles ont bien épicé ma vie.
- Merci de remarquer qu'aucun des ex n'a de position influente aux Éditions First.
- Et merci à mes ruptures.

Les gens qui pourraient me remercier

Tinder, SeLoger, Stéphane Plaza, Amsterdam, les vendeurs de batterie externe, Vierzon, Moët & Chandon, le collectif de pétanque de France, les 68 millions d'agents immobiliers IAD en France, et Chanel.